な転生

XXII

蜜蝋は未来を照らす

古流 望

NOZOMU KORYU

TOブックス

ERS
モルテールン家
ペイストリー
末っ子。領主代行。寄宿士官学校の教導員を兼任中。最高のお菓子作りを夢見る。
アニエス
ペイスの母。子供たちを溺愛する子煩悩な性格。
カセロール
ペイスの父にして領主。息子のしでかす騒動に悪戦苦闘の毎日。
リコリス
フバーレク辺境伯家の四女。ペイスと結婚。ペトラとは双子。引っ込み思案な性格。
モルテールン領の人々
シイツ
モルテールン領の私兵団長にして、従士長。
ラミト
外務を担う従士。期待の若手。
デココ
元行商人。モルテールン家お抱えのナータ商会を運営している。
寄宿士官学校
シン
寄宿士官学校の訓練生。頭が切れる。毒舌。

CHARA

レーテシュ伯爵家

セルジャン
オーリヨン伯爵家の次男。レーテシュ伯と結婚した。

レーテシュ
王国屈指の大領地を治める女傑。三つ子の娘たちを出産した。

ヴォルトゥザラ王国

オアシスの交易拠点として栄え、マフムード家が周囲の各部族を制圧して勢力を広げてできた国。

ソラミ共和国

アモロウス
国随一の魔法使い。女に目がない。神王国に留学中。

ボンビーノ子爵家

ウランタ
ペイスと同い年ながらボンビーノ家の当主。ジョゼフィーネに首ったけ。

ジョゼフィーネ
モルテールン家の五女。ペイスの一番下の姉。ウランタの新妻。

ニルダ
元傭兵にして現ボンビーノ家従士。通称、海蛇のニルダ。

カドレチェク公爵家

スクヮーレ
カドレチェク公爵家嫡孫。垂れ目がちでおっとりとした青年。ペトラと結婚した。

ペトラ
フバーレク家の三女でリコリスの双子の姉。スクヮーレと結婚した。明るくて社交的な美人。

フバーレク辺境伯家

ルーカス
地方の雄として君臨するフバーレク家の当主。リコリス・ペトラの兄。

ルミニート
通称「ルミ」。お転婆娘。寄宿士官学校の訓練生。

マルカルロ
通称「マルク」。ルミとペイスとは幼馴染。寄宿士官学校の訓練生。

王家

カリソン
第十三代神王国国王。カセロールを男爵位へと陞爵させた。

ルニキス
神王国の第一王子。

CONTENTS

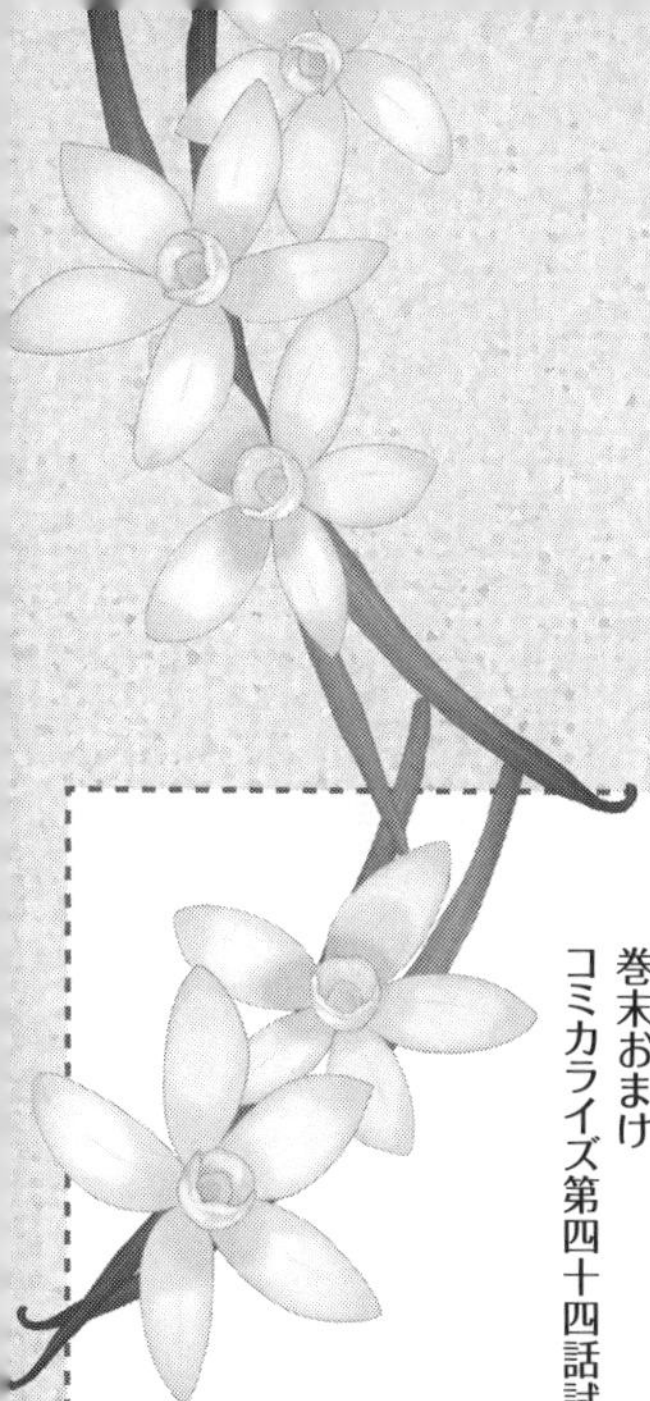

TREAT OF REINCARNATION

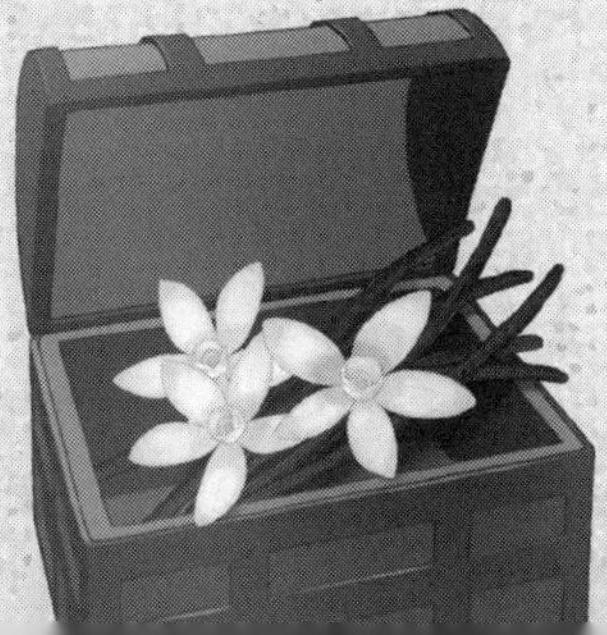

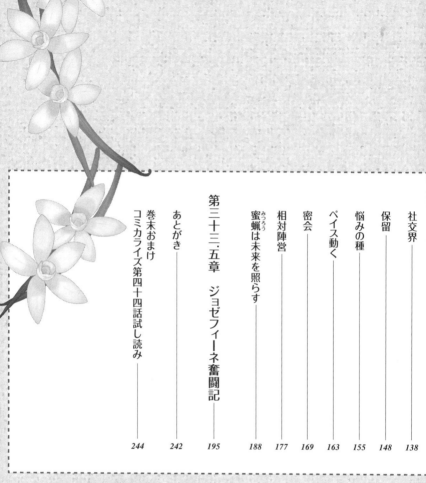

イラスト:珠梨やすゆき YASUYUKI SYURI
デザイン:ヴェイア Veia

第三十三章

蜜蝋は未来を照らす

祖業《そぎょう》と呼集

黄下月《きしもづき》に入った夏のある日。

神王国王都にあるモルテールン家別邸では、モルテールン夫妻が久方ぶりの語らいの時間を満喫していた。

常日頃忙しいモルテールン子爵カセロールと、その妻アニエスの二人。

既に子供六人が全員成人している年の夫婦であるが、関係性は良好そのもの。多少は喧嘩することもあるが、こうして穏やかに過ごせるだけ仲睦まじいといえるのだろう。

「ふう、平和だな」

妻の淹《い》れてくれたお茶を楽しみながら、カセロールはぽつりとつぶやいた。

レーテシュ産の高級茶葉は特に香りが良く、味わいも深みがある。

日頃の繁忙を忘れ、僅かなひと時を楽しむにはもってこいのもの。

優雅なティータイムは、平和な証拠であろう。

「最近は忙しかったですからね」

アニエスも、夫の言葉に同意する。

最近では社交に飛び回っていた記憶しかない彼女も、自分の淹れたお茶の出来に満足だ。

幸いにしてお金に困るようなことはなくなったモルテールン家であるが、豊かになればそれに比して出費もかさむ。

特に、アニエスの衣装代や装飾品代のかさみっぷりは、カセロールの頬がひくつく程度には増えた。

収入に不安はないために問題はないのだが、それでも貧乏だった時代の金銭感覚が抜けきらないカセロールやアニエスにとってみれば、かなりの心労であったのは間違いない。

モルテールン家は、爵位がここ最近で三度も上がった。陞爵《しょうしゃく》の度に立ち位置が変わる貴族社会。カセロールやアニエスも、昔の服を引っ張り出して着る、などという真似はできない。

特にアニエスは、お洒落《しゃれ》するのも仕事のうち。

女性貴族の間では、美しい装いをするのも戦いの武器なのだ。自分の家と比べて高位の相手よりは豪勢にしないようにしつつ、さりとて下の爵位の家の御婦人よりは明確に上と分かる装いを求められる。

また、社交に呼ばれる回数も、桁違いに増えている。

カセロールは軍服でお茶を濁せるにしても、まさか、アニエスが同じ服を着回すというような真似もできない。一度着れば、最低でも一年は間をあけねば笑われる。

アニエスだけが着た切りで笑われるならばまだいい。社交の場において笑いものになるというのは、学校で虐《いじ》められて先生が助けてくれないような状況に等しい。笑いものになったアニエスと、親しくしている人間までとばっちりがある。

貴族社会というのは、男も女も、舐《な》められたらおしまいなのだ。舐められないためにも、お洒落に手を抜く訳にはいかない。

格段に増えた社交の招待と、それに伴う衣装の用意。必然的に、手間暇をかけたドレスが何十着も出来上がることになった。ほぼ、日替わりの勢いである。

贅沢《ぜいたく》というなら確かに贅沢。見栄の張り合いというものは、実に馬鹿げているとは思いつつも、カセロールだって妻に恥をかかせたいとは思わない。

モルテールン領の職人も腕が上がり、また数も揃ってきた。領内にお金を循環させるという意味もあり、アニエスは大量のドレスを抱えることになったわけだ。

二十畳ぐらいありそうな部屋が一室、アニエス専用のドレス部屋になっていると聞けば、何をか況《いわん》や。

宝飾品や豪華な衣装で着飾ったファッションモデルのような毎日。

疲れを癒やす時間は、貴重である。

改めてもうひと口お茶を口に含んだ二人。

ほっとした雰囲気に、心を落ち着ける。

「確かに、最近の忙しさは筆舌に尽くしがたい。それもこれも、ペイスのせいだな」

「まあ」

呟《つぶや》くような夫のひと言。

夫婦がお互いに笑い合う。

「でも、あの子が、国王陛下から称号を授かるなんて」

せんだって、ペイスは国王から褒美《ほうび》を貰《もら》った。

先んじて提示された幾つもの恩賞を断った上で、改めて与えられた恩賞。その一つが、龍の守り人という称号だ。

称号の授与とは、つまるところ名誉と権威の付与。

ペイスに称号が授与されて以降、神王国内においては「龍の守り人」という言葉を使って良いのはペイスだけということである。

第三者が勝手に名乗ったり、或いは利用した場合。国王の与えた権威を貶《おとし》める行為として処罰の対象になるということ。

今後、ペイスが名前を為《な》さしめ、名声が高まった時。「龍の守り人」という代名詞は、同じように価値を高める。

例えるなら「野球の名門校」というブランドのようなもの。

その称号に恥じない実力を高め、実績を積めば、称号に惹かれて集まる者も出てくる。人を集めるのも容易《たやす》くなるし、寄付だって集まりやすくなるだろう。有望な人財のスカウトにも使える看板だ。人から一目置かれる肩書があるというのは、有形無形の利益があるものなのだ。

逆に、名門校といわれながら不甲斐ない結果を出し続ければ、鼻で笑われるようになる。長年積み重ねてきた名声も、一夜で失うといったこともありえないことではない。

龍の守り人という称号も同じ。龍を守るという姿勢を続け、実際に成果を出し続けるとしたら、価値が出てくる。

龍に関わりたいと考える人間がいれば、まず守り人の所に集まるだろう。或いは、龍の研究をしたいと研究者が集まれば知識の集積、龍の素材を欲する者が集まれば、富の蓄積。

地元で野球強豪校といえばどこそこ、といった具合に、龍についてといえば守り人、といわれるようになるだろう。

称号の価値というものは、これからもペイスの行い次第でどんどん高くもなるし、或いは無意味なものにもなりかねない。

カセロールとしては、ぜひとも大人しく地道に功績と経験を積み、称号を輝かしいものにしてほしいと願うばかり。

「そうだな。大変に名誉なことだし、将来は明るい」

「明るい、で済むと良いのだけれど」

「眩しくて、目が眩《くら》むかもしれんぞ」

カセロールは、からからと笑う。

我が息子の才能は、父親の目から見ても傑出している。称号の持つ価値を、今後もどんどん高めるはずだ。

ペイスの能力は現時点でも十二分に高いもの。それが、国王お墨付きの看板まで貰えたとなれば、箔《はく》という意味でも大きい。

あの息子であれば、与えられた権威を活《い》かし、更なる躍進を果たすはずだ。

「元気でいてくれればそれでいいわ」

「末っ子は、どうしても構ってしまうものなのかもしれんな」

五人娘が続いた後の、跡取り息子。

どうしたって、猫かわいがりしてしまった訳だが、分かっていても可愛いものは可愛い。

特に、上の姉たちはペイスを可愛がった。年が離れていることもあって、一時期はモルテールン家のアイドルがペイスだったのだ。

「そういえば、ビビたちとも久しく会っていませんよね」

前に会ったのはいつだったか。

ここ最近忙しくしていたせいで、日付の感覚も怪しい。

「あの娘たちのことだ、元気でやっていると思うが」

「たまには顔を見たいわ」

ビビをはじめとして嫁いでいった娘たち。

みな、それぞれに成長し、大人になり、母になっている。

アニエスとしては、孫の顔も含めて娘たちには顔を見せてほしいと思っていた。

だが、モルテールン夫妻は王都在住の身の上。カセロールも、いつ何時非常呼集がかかるか分からないため、なかなか王都を離れることができない。

「ビビのところは、最近養女に婚約話が出ているらしいぞ」

「あら、そうなの？」

ビビの夫であるハースキヴィ準男爵には、ビビとの間にできた子供以外にも養女が居る。

殉死した部下の娘で、身寄りのない寂しい身の上になってしまった時に養子に迎え入れたのだ。遠縁ながらハースキヴィ家の血を引いていたため、貴族の娘となるのも問題はなく、ここ最近は時折社交会にも顔を出していたらしい。

モルテールン家の面々とも面識があり、愛らしい風貌で性格も良いことから、アニエスは義理の孫として可愛がっている。血の繋《つな》がりはないが、ビビの義理の娘であれば、アニエスにとっても孫なのは間違いない。

年頃としてはペイスよりも少し上といったところか。神王国においてはまさに結婚適齢期。婚約話の一つや二つ、あってもおかしくない。

むしろ、浮いた話が全くなければ親が焦るような年頃だ。

「それに、シビの旦那も最近は商売が上手くいっていて、忙しくしているそうだ」

「仕事が順調ならいいことね」

シビこと、モルテールン姉妹の次女シルヴィエーラ。

彼女の夫もモルテールン家活況の好影響を受けている立場。

妻の実家が飛ぶ鳥を落とす勢いなのだ。余程に雑な商売でもしていない限りは、普通にしていても儲《もう》け話が舞い込んでくる。

「そうそう。最近、ジョゼにも良い知らせがあったじゃない」

「ああ、報告は聞いた」

「できれば、直接話を聞いてみたくない？」

「そりゃ、まあそうだな」

つい先日。

ボンビーノ子爵家に嫁いだジョゼに、とても喜ばしいことがあったと、ペイスから知らせが届いた。

父親としても嬉しい報告であったため、勿論アニエスにも情報は伝えてある。

「あの子たちを、私たちが呼んであげることはできないかしら」

だから、アニエスは夫に提案する。

「そうだな、たまにはうちも人を呼ばねばなるまい」

モルテールン家も、陞爵してそれなりに経った。

子爵家といえば、貴族的にいえば上位に入る立ち位置。俗に〝偉い人〟扱いされるポジションだ。

モルテールン家が騎士爵家だったころならば、社交には自分たちのほうから出向くのが当然であった。しかし、今は事情も変わっている。

外に嫁いでいった娘たちに会おうと思えば、呼びつけるほうが貴族家の当主として正しい作法だ。

「ここにはそれほど多く呼べませんよ？」

問題があるとするなら、場所だろうか。

モルテールン家の王都別邸は、まだ爵位が低かったころに贖《あがな》ったもの。

質素倹約を美徳とし、質実剛健をモットーとするカセロールの趣味嗜好《しこう》もあって、非常にこぢんまりとした家になっている。

別邸だから豪邸にする必要もないという考えもあったが、何にせよ別邸に大勢集めてパーティーしよう、などとは無理がある。物理的に。

「なぁに、ここに集まってもらって、都度【瞬間移動】で運べばいいのさ」

「あら、良いのかしら」

「それでうちの有用さを改めて感じてもらえればいい」

ここ最近、モルテールン家といえば、大龍の話題ばかり。

或いは話題が変わったとしても、お菓子の話や、息子の武勇伝についてだ。

元々モルテールン家はカセロールが建てた家であり、代名詞といえば【瞬間移動】の魔法だった。

ここらで一つ、モルテールン家の〝祖業〟をアピールしておくのも悪い手ではない。

カセロールは、そう考えた。

「それなら、ペイスちゃんにも連絡しておかないとね」

「そうだな。久しぶりにこっちに呼んでやろうか」

モルテールン夫妻は、息子を呼ぶことを決めるのだった。

社交の準備とお願い

――コンコン。

ドアノックの音が、執務室の主を呼ぶ。

「入れ」

「失礼します」

部屋に入ってきたのは、壮年の男性。

鍛えられた体躯に短い髪、きびきびした動きと鋭い目つき。

どこから見ても軍人然とした男である。

「隊長に、ご面会のお約束があるとご子息が訪ねてこられました」

「うむ、間違いない。通してくれ」

「はっ」

上司の返答に、部下はスッと敬礼して部屋を出る。

無駄口を一切叩かない、事務的な対応だ。

しばらくして、件の部下に案内されて一人の若者がやってきた。

「よくきたなペイス」

王都の〝大隊長室〟に呼ばれたペイス。呼び出したのは、勿論モルテールン子爵カセロールである。

父親からの呼び出しに、わざわざ魔法を使ってやってきていた。

「まあ、座れ」

「はい」

カセロールに言われて、ペイスは椅子に座った。

遠慮や緊張という言葉とは縁の薄いペイスであるからして、まるで自分のうちに居るかのように寛《くつろ》いだ雰囲気で、部屋の主と相対する。

「急に呼び出すことになって済まなかったな」

「わざわざコアントローを寄越すとは、何事かと思いましたよ」

ペイスは、父親の歓迎に対して不満そうな顔をする。

そも、カセロールの魔法は大変に便利ではあるが、勿論無尽蔵に使えるものでもない。個人の持つ魔力という限界値が存在するのだ。

緊急時に使えないということがないよう、普段はかなり余裕をもって運用されている。カセロールが国軍大隊長という任にある以上は、その能力は国軍に使われることが前提。休日ならまだしも、何でもない日に魔力をすっからかんにするような真似は、晩酌で深酒をして翌日の運転に支障を来《きた》す運転手のようなもの。責任ある地位にいる以上、いついかなる時も万全の態勢を心掛ける義務がある。

斯様《かよう》に限られた運用状況のなか、モルテールン領に【瞬間移動】してきたのが、カセロールの腹心の一人たる重鎮コアントローだったことから、一時はモルテールン領もざわついた。余程の深刻な凶報がもたらされたのか、或いは特大の朗報がもたらされたのか。

即応体制の行き届いているモルテールンで、慌てて遠くに出ているグラサージュを呼び戻す指示まで出してしまったほどだ。

無駄に面倒ごとを起こすのは、止めてもらいたいと、ペイスは不満を口にする。

自分を棚に上げて。

「コアンもたまには家族に顔を見せたいだろうと思っただけだ。こういう機会でもないとコアンを領地に送ることもないからな」

「こういう機会？」

ペイスは、首をかしげる。

「家中の用事だ。公務で魔法を使うならば大隊の部下が使えるが、私事には使えん」

わざわざ大隊長室に呼んではいるが、用事自体はモルテールン家の用事。

もしも軍人としてのカセロールがペイスを呼びつけるのなら、大隊の部下が呼びに来ていただろう。

その点、家の用事で呼びつけるのなら、大隊の人間は使えない。モルテールン家の家中の人間を使うのが公私の別として当然であり、普段であれば屋敷で働く使用人か、若手の誰かが伝言役になる。

「なるほど。家中の用事ですか。その様子だと、母様が倒れたとかでもなさそうですね」

「当たり前だ、元気にしているとも」

「それは良かった」

ペイスは、ほっとした様子を見せる。父親の口から公言されるまでは、もしかしてという気持ちもあったのだ。どこに耳があるか分からない王都でのこと。本当の理由を徹底して隠しているという可能性もゼロではなかったからだ。

家の用事で急遽《きゅうきょ》ペイスを呼び出す。

この場合、一番困るのは身内の不幸だ。

他ならぬペイス自身、誘拐された経験がある。ペイスの妻リコリスも、賊に攫《さら》われたことがあるのだ。アニエスが同じような目に遭わないと、言い切れるはずもない。

また、アニエスも既に孫の居る年齢。平均年齢が現代日本ほど高くない神王国では、十分に高齢といえる。体のあちこちに不具合が起きてくる年頃だ。罷《まか》り間違って病気で倒れましたと報せが来たところで、驚きはしても不思議はない。

或いはカセロールに何かあったという可能性もあった。

モルテールン家の大黒柱が、戦場に出てシイツ共々重傷を負ったのはそう昔のことではない。ペイスが魔法で治療したからこそ今は普通に暮らしていられるが、一度あったことがもう一度起きる可能性を、誰が否定できるだろうか。

今回、急にコアントローが伝令に来た際、ペイスの頭には色々な可能性がよぎった。その一つが、母や父に何かあったのではないかという可能性。

そんな悪い予想が外れたというのならば、まずは良かったといえる。カセロール本人の口から大事ないと聞けたことで、ひとまずは安心といったところだ。

安堵するペイスに対し、バツの悪そうなカセロール。

部下に対する労いのつもりで伝令を任せたのだが、思った以上に面倒なことをしていたらしいと気づいたからだ。

誤魔化すためだろうか。ワザとらしい咳払いで、話を無理やりに戻す家長。

「それで、だ。用事というのは他でもない。領地のほうで準備をしてほしい」

カセロールが、本題を切り出す。

「何の準備ですか？」

「社交会だ」

「ほう、社交会ですか。誰か呼ばれましたか？」

改めて言うまでもなく皆が知っていることであるが、モルテールン家は社交に〝呼ばれる機会〟が非常に多い家だ。

カセロールやペイスが魔法使いであり、その魔法が社交にうってつけというのが理由の一つ。また、モルテールン家自体が経済力や将来性に恵まれているというのも呼ばれる理由である。

近年であれば、魔法以外でのペイスの将来性なども理由に挙げられる。

社交の準備をせよと言われ、またぞろどこに呼ばれたのかと気にしたペイスの考えは、至極当然の発想だったのだろう。

カセロールとしてもペイスの考えはよく分かったが、今回呼んだ用事は違うと首を横に振る。

「いや、そうではない。我が家も領地を持つ子爵家として、世話になっている人たちを集めて親交を深める必要があると考えているのだ」

「つまり、社交を開けと？」

ペイスの言葉に首肯《しゅこう》するカセロール。

「そのとおりだ。我が家が主催して、人を招待する」

「招待客の内訳は？」

「当家と〝縁の深い〟家を招待しようと考えている」

「うちと縁の深い家。なるほど」

カセロールの言葉に、ペイスはじっと考え込む。

またぞろ良からぬ、或いは良すぎる企ての一つも考え出したかと、カセロールは息子の様子を伺う。

「つまり、モルテールン派閥を作るということでしょうか」

「そこまでは言わんよ。派閥を率いるなど、私の柄ではない。お前がそうしたいならそうしても良いが？」

「面倒ごとは御免です」

「まあ、そうだろうな。しかし、最近ではどうにも疎遠になってしまっている友人や知人も多い。ここらで縁を結びなおしておきたいと考えている」

「なるほど」

ペイスは、カセロールの考えをある程度理解した。

「急ぎはしないが、招待ぐらいは今のうちから出しておきたい」

「いざとなれば〝父様の魔法〟がありますが？」

社交にも利用できる【瞬間移動】という魔法《チート》。

急に招待することになったとしても、何とかできてしまうだけの能力がある。

モルテールン家の縁者を集めるというのなら、改めてカセロールの凄さをアピールするのも悪い手ではないとペイスは言う。

しかし、父親はペイスの提案を却下する。

「安売りするわけにもいかんし、今の私は国軍を預かる身だ。いざとなればそちらで魔法を使うかもしれない以上、気軽には使えんさ」

カセロールは大隊長。つまりは、国軍の一員だ。

その能力は、一切合切国軍のために使われることが求められる。

剣を使えるものは剣で、知識を持つものは知識で、魔法を持つものは魔法で、それぞれ国軍に奉仕するからこそ、給金を貰えるのだ。

国軍に仕える軍務貴族として、魔法もまた好き勝手に使えるものではない、という建前にはペイスも頷《うなず》く。

「分かりました。社交については手配しておきます」

「頼むぞ」

「〝全て〟お任せいただいても良いのですね？」

「……社交に関してはな」

ペイスに任せておけば、大丈夫だろう。カセロールはそう判断した。

色々と厄介な癖を持っている息子ではあるが、優秀なことは事実。また、部下を使うのも上手い。

さらに言えば、そろそろ代替わりを見越して後継者教育を深める頃合い。社交の取り仕切りを家の代表として行うぐらいは、やってもいい年頃だろう。

事務的なやり取りは、問題なく終わる。

少々問題だったのは、そのあと。

「それとは別に、僕からお願いが一点」

「何だ？」

カセロールは、息子の〝おねだり〟に、ポーカーフェイスで応えた。

マッスル

王都にある王城の一角。

国軍の重鎮たちの執務室として建屋がある場所に、カセロールは来ていた。

人探しがメインの理由であり、さほど探すまでもなく目当ての人物が見つかる。

「バッツィエン子爵」

カセロールが声をかけたのは、見上げるような大男であった。

声をかけて来た相手に気づいた男は、破顔して挨拶をする。

「おお、モルテールン卿」

大男ことバッツィエン子爵は、軍家貴族の一人。

カセロールと同じく領地貴族であると同時に、国軍の一隊を預かる同僚でもある。

筋骨隆々。体中が筋肉の塊《かたまり》と思えるような逞《たくま》しい体躯。日焼けした肌に、短く刈り上げた短髪。

軍人らしい風貌というよりは、軍人以外あり得ない風貌というべきだろう。

服の上からでも分かるほどに筋肉が盛り上がっており、軍服のあちこちがパッツンパッツンで突っ張っている。

ひと言でいうならボディービルダー。それも、肩にジープでも載せていそうなムキムキのマッチョである。プロテインを主食にしているタイプだ。

軍人としての実績も豊かであり、代々のバッツィエン家当主は皆鍛えに鍛えていることで有名だ。傍系もそれなりにあるのだが、バッツィエンの家名を名乗るところは何処も同じようなもの。

お家の家訓は「鍛えられた肉体には健全な精神が宿る」であり、一家に生まれたものは傍系も含めて、筋トレや戦闘訓練を毎日やるということでも知られている。

頭の上からつま先まで筋肉が詰まっていそうな、ことによれば頭の中まで筋肉でできていそうな軍家。それがバッツィエン子爵家。

マッスルの権化《ごんげ》は目下、国軍の大隊長として部下たちを鍛えていたところである。

「バッツィエン子爵も、鍛錬中でしたか」

「まあな。鍛錬は、一日でも休むわけにはいかん」

むん、と両腕を折りたたみつつも持ち上げ、胸を張ったまま大胸筋をアピールするバッツィエン子爵。彼らのうちでは、鍛え上げられた肉体美を見せ合うのは挨拶《あいさつ》の一環である。

鍛錬とは、一日休めば取り返すのに三日はかかるといわれるわけで、湯を沸かし続けるが如く常に鍛え続けるもの。

陛下より預かりし兵《つわもの》たちを、なまくらにするわけにはいかない。

上げていた腕を折りたたんだまま胸の前で交差させ、大胸筋の谷間と盛り上がった肩の筋肉を見せつつ、バッツィエン子爵は誇らしげに言う。

「そうですね。鍛錬は大事です。しかし、大隊にばかりに目をやって、領地のほうは大丈夫でしょうか？」

世間話ついでの雑談だが、同じ領地貴族としての仲間意識もある。

カセロールは、領地経営についてバッツィエン子爵に水を向けた。

また、カセロールはバッツィエン子爵の領地について、気にする〝理由〟もある。

「頼れるものを雇えたから、大丈夫だとも。その件では卿に感謝している」

「いえ。我が友の身内のことでしたので、礼には及びません」

「そうはいかん。戦友への感謝を伝えることを惜しむようでは軍人ではない」

「ははは」

バッツィエン子爵の血縁者は、実はシイツの嫁である。

その縁もあり、シイツの知り合いの人間をバッツィエン子爵に紹介したことがある。内政家として。

とある小規模な傭兵団のリーダーをしていた男であったが、大病を患い引退。それを聞きつけたシイツが、こっそりペイスを連れて見舞いに行った。病気が快癒したところまでは良かったが、彼の引退は既に傭兵仲間に周知されていた。

今更引退撤回なんて女々しい真似ができるか、と言い張ったことで、シイツが就職先を紹介。それが、バッツィエン子爵家だった。

モルテールン家で雇い入れる提案もあったのだが、女癖と酒癖の悪いシイツの下で働くとなると不安だと一蹴されていたりもする。

小なりとはいえ傭兵団を率いてきた経験や、時に貴族やその部下と交渉してきた経験は、とても貴重なもの。

筋肉大好き人間が集まっているバッツィエン子爵家では、貴重な内政官。すぐにも子爵領全体を預かるようになり、目下辣腕《らつわん》を振るっていると子爵は話す。

お陰で大隊指揮に専念できるのだと、大きな声でカセロールへ感謝の言葉を伝える。

「どうだろう。我が一門の娘を嫁にしたのだ。シイツ殿も当家に迎え入れるというのは。筋は通るだろうと思うのだが」

感謝ついでに、モルテールン家従士長たるシイツを欲しいと言い出した。

千里神眼の異名を持ち、覗き屋という二つ名で知られるシイツは、神王国でも高名な魔法使い。更に武芸者としても一流であり、何十という実戦で腕を磨いてきた我流の実力者。

バッツィエン子爵としては、自家に迎え入れたい人材の一人なのだ。

下手に陰謀を張り巡らせる訳ではなく、面と向かって欲しいと要求を伝えるあたりが脳筋種族ならでは。

「うちの右腕を取られてしまう訳にはいきませんな。シイツは私が最も信頼する者です。モルテールン家から離そうというなら、一戦も辞さぬつもりです」

「やはり、無理か。いや、分かってはいるのだが……余りに惜しい」

「こればかりは、幾らバッツィエン子爵といえども諦めていただかねば」

「むむ」

シイツが欲しい。シイツはやらん。

はないちもんめのようなやり取りがしばらく続いた辺りで、そういえばとバッツィエン子爵が会話の本筋を思い出した。

「それで、今日はどうされたのか。鍛錬の相手であれば喜んで承るが？」

模擬戦か、訓練か、なんなら実戦でも構わん。

そんな心の声が漏れだしそうな笑顔を見せるバッツィエン子爵。

両腕を頭の後ろで組み、上半身を半分捻るようにして腹筋と胸筋を見せつけつつ尋ねる。

「ははは、それは別の機会に。実は、折り入って頼みがありまして」

「他ならぬ卿の頼みというならやぶさかではないが、何事か？」

バッツィエン子爵家とモルテールン子爵家は、非常に仲が良い。

モルテールン家が騎士爵家であった頃からの友好関係であり、どちらかといえば一方的にモルテールン家が好かれている。

鍛えられた人間は無条件で尊敬する家風の為、実戦に次ぐ実戦で鍛えられたカセロールや、同じくモルテールン家の家人には、片思いともいえる好意を寄せてきたのだ。

そんな尊敬すべき筋肉《カセロール》からの頼みであれば、何であろうと聞くと請け負うバッツィエン子爵。

ははは と受け流しながら、カセロールは要望を口にした。

「卿の大隊を、お借りできないかと思いまして」

「ほう？」

大隊の指揮権は、勿論大隊長にある。

更に大隊長に対しての指揮権や命令権は国軍の上層部にあるのだが、大隊自体が大隊長に率いられているのは動かない事実。

軍事行動を行う場合でも、基本的に大隊単位で命令が下される。

平時の警備であれば、貴族街の警備が第二大隊、一般住宅街が第三大隊といった具合だ。

故に、隊の行動に関しても、大隊長の意向が強く影響する。

例えば、犯罪者の捜索という任務が大隊に下されたとする。犯罪捜査が得意な隊長に率いられていれば、隊員もまた経験を積んでいき、犯罪捜査に習熟していく。そして、習熟している隊があるのなら、また次の機会も同じような命令が下されることになる。慣れているのだから、適任だと。

積み重なれば、大隊長を起因とした専門性が生まれる。

大隊は、良くも悪くも隊長の色に染まるということ。

だからこそ、根回しというのは重要だ。

大隊長がへそを曲げてしまえば、仮に上からの命令があったとしても、効果的な運用とは程遠いものになる。面従腹背とまではいかずとも、形だけの協力となりかねない。

つまり、今カセロールがしていることは、今後協力してほしいことへの根回しだ。

「我が大隊の力が入用とな？」

「ええ。息子からぜひにと頼まれ、色々と根回しに動いておるところです」

「ほほう、ご子息の。ということは、領地で何かありましたか」

「まあ、そのようなところです」

カセロールの息子については、バッツィエン子爵もよく知っている。

国軍には時折顔を出すし、出したら出したで、むくつけき男たちの集団の中、まだ年若い銀髪の少年が居れば遠目からでも目立つ。

武勇伝に関しても他に類を見ないし、近年の活躍で国王から栄誉を与えられたことも記憶に新しい。

バッツィエン子爵からすればまだまだ筋肉的に不十分ではあるが、将来性を買うという意味では先々良い筋肉に育ちそうである。

「ご領地でのことに、国軍を使いたいと？　しかも、父親ではなくご子息が、我が大隊を」

「はい」

「何か事情があるのかな？」

「実は……」

カセロールは、バッツィエン子爵の大隊に根回しをしている理由を説明する。

◇◇◇◇◇

「それとは別に、僕からお願いが一点」

「何だ？」

ペイスのお願いに対し、カセロールは内容を尋ねる。

「国軍を一隊お借りしたいのです」

「中央軍を貸せと？　うちの大隊を動かせというのか？」

ムッと眉間に皺《しわ》が寄るカセロール。

家のことに大隊を使う。これは私的流用も甚だしい。

先のヴォルトゥザラ王国への使節団派遣の際、カセロール率いる第二大隊はモルテールン領に駐在した。

これはペイスを領地から離すための交渉の一環として、王家が用意したカードであったが、国境の傍に即応できる一軍を用意しておくことで、外交交渉を有利に進める助勢という面もあった。

決して、公私混同ではない。

だが、それに味を占め、国軍をペイスが自由に動かそうと考えているのならば、危険な考え方だ。

父親の責務として叱責も匂わせて、ペイスに問う。

だが、ペイスはそうではないという。

「父様の大隊は、国軍としても利用価値が高い。国中どこでも即応できる大隊など、手駒としては最良です」

国内のどこにでも、いつでも動かせる精鋭部隊。

これは、将棋でいえばいつでも打ち込める飛車を持ち駒として持つようなもの。何なら、既に成っている龍を持ち駒にしているぐらい大きい。

とっておきの切り札として、手元に置いておきたいのは人情というものだ。

「では、何処の隊を借りたいと？」

「それは父様に任せます。できれば地力の高い、非正規戦闘や非対人戦にも強い隊を借りたい」

「……ふむ、事の是非はともかく、理由を言ってみろ。何故そんなものを借りようとする？　軍を動かすというなら、領内にも私兵が居るだろう」

「うちが社交を開催するにあたり、不安要素を一つ潰しておきたいと思いまして」

「不安要素？」

「ええ」

ペイスの意見に、カセロールは愁眉《しゅうび》を晴らす。

◇◇◇◇◇

カセロールの説明が終わったところで、バッツィエン子爵は何度も頷く。

バンプアップしながら。

「事情は相分かった。最後に一つ。一体、何に我が大隊を使われるのかな？」

「実は〝魔の森〟に軍を入れようと思っているのです」

バッツィエン子爵の筋肉が、ピクリと動いた。

王への奏上《そうじょう》

神王国の政治体系は、王権による中央集権体制に近しい。

絶対王政とまではいかずとも、国政における王の権利は諸外国と比べても大きい。

例えば、具体的には領地についての所有権だ。

諸外国であれば、貴族と領地がかなり密接に結びついていることが多く、領地を取り上げるというのは王であっても難しい。

例えば現代で、道路を作りたいから今住んでいる家を立ち退けと言われた時、所有者が嫌だと言えば無理強いもなかなかできない。貴族の土地所有についても似たようなところがある。

誰の土地とも定まっていなかった時代から土地に根付き、有力者が世襲化し、土地を守る為に武装し、豪族化していった先に貴族となった。そんな歴史を持つ場合、土地の所有というものに関して貴族は相当に強い執着を持つ為、無理に引きはがそうとすれば反乱まであり得る。自分たちの土地であるという意識が強いのだ。

それに対して、神王国では領地についての権利を王が差配することができる。

これは、先の大戦でかなりの数の貴族がお家断絶や降爵《こうしゃく》となった為に、神王国のかなりの土地が所有者不在で浮いたからだ。

仮に所有者が居たとしても、戦争によって人材が払底し、物理的に治めきれなくなった土地というのもある。

或いは、我こそが所有者だと主張する者が複数現れ相争うことから、上位者の裁定を必要とするケースなども珍しくなかった。

先の大戦ののち、国王カリソンはこういった土地がらみのトラブルには四苦八苦させられている。所有者不明の土地を王家が接収し、人材不足の領地を整理縮小し、揉めているところは武力をちらつかせてでも介入したのだ。

結果として、論功行賞で土地を差配する王の権力は強まり、相対的に古くからの貴族は発言力を失った。

代わって国政への発言権を増したのが、新興貴族や旧来は非主流派とされた貴族。

カドレチェク公爵家なども その一つ。

元々は冷遇されていた家柄であったが、強大な権力を誇っていた政敵であるアーマイア家が没落し、代わって軍家のトップとなった。

軍人の最上位となるカドレチェク家当主が現在就いているのは、軍務尚書《ぐんむしょうしょ》。

軍の意見を取りまとめ、軍事における国家戦略を作る仕事である。

こと軍事に関して、如何なる時でも国王への直言が許される大臣ということだ。

また、軍人たちや他の貴族たちから、軍事に関する要望を取り次ぐこともある。

「陛下」

「うん?」

「意見奏上を取りまとめてまいりました」

「ご苦労」

カドレチェク軍務尚書は、幾通かの書類を国王に渡す。

補佐官を通さずに直接手渡せるからこそ、尚書という地位は高い。

「ふむ、まずは西か」

「はい、ヴォルトゥザラ王国の動向について、定期報告がまとまりました」

最初に国王カリソンが手に取った報告事項は、ヴォルトゥザラ王国の状況についての定期報告。

それも、軍事的見地から見た報告である。

目下、神王国の周囲は軍事的には小康状態にある。東のサイリ王国はフバーレク家とルトルート家の戦争でルトルート家が敗北して以降大人しいし、南の聖国も海戦で負けて以降は防戦戦略を取り始めた。

北も西も、同じく平穏である、と言いたいのだが、希望的観測はこと安全保障においては禁物。

念入りに監視し、外交使節を定期的に送って相手国の様子を確認し、更に情報を集める。

こういった、他国への情報収集活動は外務貴族も専門分野として行っているのだが、軍の配備状況など一部の情報は軍の管轄。

軍務尚書としても、外国の情報は抜かりなく集めていた。

「む、ヴォルトゥザラ王国で軍拡の動き?」

「はい。どうもきな臭い動きがあります」

お隣の国はつい先ごろ、神王国第一王子という極めて高い地位の外交使節を送ったばかり。友好関係を確認したし、相手の国の情報もかなり詳細に知ることができた。

ヴォルトゥザラ王国としても、自分たちの国が探られたことぐらいは分かっているはず。いざとなれば、探られた情報がヴォルトゥザラ王国に対して不利になることは承知のはず。

つまり、神王国に対しての軍事行動は、客観的に見ても悪手なのだ。

軍拡の動きというのが何を意味するのか。

「情報収集を密にせよ。外務とも連携を取ってな」

「はい、承知しました」

国王の指示に、カドレチェク公爵は頷く。

「ほう、モルテールン家からもあるのか」

「はい」

「中身については、お前は知っているな?」

「職務でございますれば」

尚書の下に次官なども居るが、基本的に軍務尚書は自分が取り次ぐ内容について、事前に目を通す権利がある。

余程のことがなければそのまま奏上されるものではあるが、そこは政治の世界。嫌いな相手、敵対する相手からの奏上は、あえて取り次がないこともある。或いは、取り次ぐにしても内容を精査しているなどと言って遅れに遅れさせるのだ。

それで国益を損なうようなら当然尚書の責任問題にはなるのだが、国政における優先順位を決める権利を持っているというだけでもかなりの強権だろう。

つまり、カドレチェク軍務尚書は、モルテールン家の奏上内容を把握している。

「バッツィエンの隊を貸せ……とあるな」

「はい。勿論、それ相応の〝賃貸料〟は出すとあります」

金なら腐るほど持っているモルテールン家のいう賃貸料。

直接的に金を貰っても王家としては嬉《うれ》しいし、財務尚書あたりは小躍りしそうではある。

しかし、わざわざ自分から言い出したのだ。ただの金だけというはずもない。

何か、王家が喜びそうなものを、隠し玉に用意しているはずだ。カリソンも、いい加減モルテールン家の裏事情には精通してきている。こういう普通でない行動をしてくる裏には、跡取り息子の蠢動《しゅんどう》があるに違いないのだ。

父親が手放しで賞賛する例の俊英であれば、それぐらいの交渉準備はしてくるという信頼。

利権か、或いは希少な文物か。

称号を授けたばかりということもある。龍にまつわる何がしかの産物を献上してくるかもしれない。

少なくとも、国軍一隊を動かすのにかかる費用を補って余りある程度の財貨を用意しているはずだ。

信用もあれば信頼もしているモルテールン家。賃貸料がしょぼいということはあるまい。

カリソンは、潤う国庫を想像して軽くにやけた。

「理由が、魔の森の脅威に備えることと、開拓の為とあるが？」

「魔の森はモルテールン子爵の影響下となっておりますので」

魔の森は、王家にとっては長年のお荷物であった。

かつてのモルテールン領が、碌《ろく》に作物も取れないゴミ領地でありながら、隣国との境にあって放置もできないお荷物であったのと同じ。

人を入れればまともに帰ってこないという危険な土地でありながら、神王国のど真ん中に位置する上に時折獣が出てくるために、放置もできない。最近では大龍などという馬鹿げたものまで飛び出してきた。

王としては、モルテールン領という場所を豊饒《ほうじょう》の地として見せたモルテールン家に対して、同じく期待を込めて魔の森を与えた。

魔の森を開拓したいというモルテールン家の言い分は真っ当な訴えであるし、支援を要請する陳情も道理。国政に訴えて国を動かそうとするなどは、真っ当な政治といえる。

国益にも適うし、王家としては支援を今更戸惑う理由などはないのだ。

問題は、何処まで支援をするか。支援として求められた内容が適切であるかどうかだ。

「お前はどう思う？」

国王の下問に対し、尚書は思うところを述べる。

「是《ぜ》であります。幸いなことに、今は然程《さほど》の軍事的脅威はございません。一隊であれば動かすのにも支障はありません。また、隊の質を維持するのにも効果的かと存じます。バッツィエン子爵のことですから訓練に手抜かりはないとは思いますが、やはり実戦に勝る訓練もないと愚考《ぐこう》致します」

「そうだな、実践は確かに意味がある」

魔の森に軍を出す。

これは、訓練と呼ぶにはあまりに実戦的すぎる内容だ。いや、実戦そのものだ。

モルテールン家が主体でやる以上、国軍が使いつぶされるようなことにはならないと思われるが、リスクはどの程度あるのか。

軍務尚書は、専門家としての意見を添える。

「軍事を預かる者として、モルテールン家の財布《さいふ》で精鋭部隊を鍛えられるのであれば、損得としても得が多いと判断致します」

「ふむ、なるほど」

カリソンは、少しの間考え込んだ。

「モルテールン卿の奏上について、ご懸念がおありですか？」

部下の問いに、軽く首を振る国王。

考えていたのは、懸念という類《たぐい》のものではない。

「……モルテールン卿が望んだ、というのなら、これは恐らく息子の〝謎かけ〟であろうと思ってな」

謎かけ。

モルテールン家の要求に対し、裏にある思惑が何であるか。

カリソンは、慎重に考えをまとめる。

「先般《せんぱん》断った褒美。俺が与えると言っていたものがそれが本心からなのか、ただの体裁だったのか。問うてきているると見た」

ペイストリーに対して与えようとしていた褒美の数々。これは、当人が遠慮した。謙虚さの表れと見る向きもあろうが、面倒ごとを避けたかったという思惑もあっただろう。与えようとしていたものに、王家としてメリットのあるものが含まれていたのも事実。王女の後見人に任命するなどはまさにそれ。

そもそも、モルテールン家の嫡子に対して褒美を与えようとしたのは、積み重なった功績があったから。信賞必罰は軍家の拠って立つところであるが、知恵の回るペイスは思ったのだろう。

これは本当に褒美なのだろうか、と。

褒美の形をした、面倒ごとの押しつけなのではないか。そういう疑念を持ったのかもしれないと、カリソンは考える。

そこへきて、今回の支援要請。

ペイスは明確な政治的メッセージを出してきたのだ。

どうせ褒美を出すなら、自分の欲しいものをくれ、というメッセージ。

何の変哲もない軍事支援の要請の裏には、王の器量を量ろうとする値踏みがあるのではないか。

これだからあの若者は面白いと、カリソンは友人の息子の器量を評価する。

「ならば、どうされますか」

話に裏があるというのなら、熟考も検討すべき。

軍務尚書の意見に対し、王は笑った。

「ここで下手に駆け引きをする必要もない。祝いの品を自分で指定してくる図太さも気に入った。気前よく一軍を貸してやるとも。そうだな、最低でも一年は貸してやるとするか。賃貸料などというものも取らんで良い。名目は長期の軍事演習としておくが、指揮権はモルテールンの息子に預けるとしよう」

「よろしいのですか？」

「よろしいも何も、陳情に応えただけだ。通常の政務だ」

「はっ」

カドレチェク軍務尚書は、王の差配をより具体的に詰める為、御前《ごぜん》を辞した。

軍を一隊、一年以上の長期間動かせるだけの準備がいるからだ。

糧食の手配から人員の選定、関係各所との擦り合わせに、穴の開く通常業務への補完。やることは多い。

いそいそと動き出した部下を尻目に、カリソンはしばらくじっと考え込む。

「その後のことも、準備をしておくか」

国王は、独り言をポツリと呟いた。

国軍紹介

モルテールン領ザースデンの郊外。

土地だけは無駄に有り余っているモルテールン領の、だだっ広い荒野。いや草原に、大勢の人間が集まっていた。

彼らはモルテールン領の領軍である。

元々は自警団や傭兵であった者たちが常時雇用の兵士となっていて、いつもは訓練や治安維持を行っている正規軍だ。

彼らの眼前には、守るべきモルテールン領の大地が広がっている。

かつては草もまともに生えない土地であったモルテールン領も、近年は雨量にも恵まれ、翻《ひるがえ》って草木の侵略が悩みの種になりつつある。

緑地化に悩まされる砂丘のような話だ。

元々植物の植生の乏しい土地に草が生える場合、最初に生えるのは生命力の強い植物。例えば、ミントや紫蘇のように繁殖力が出鱈目《でたらめ》な草が繁茂する。

これだけならまだ利用価値もあろうが、放置したままであればそれしか生えないで他の植物の生育を邪魔するということ。或いは、特定の病害虫が少し流行っただけで全滅し、砂漠に逆戻りというリスクも無視できない。

豊かで強靭な大地を作ろうと思えば、より多くの植物が多種多様に生育しているべきである。多様な植生が好ましいということで、家畜の計画的放牧を行う。モルテールン家で導入された試みだ。家畜による環境圧力と、適度の移動による回復。そして、耕作による土壌改良と、休養。これらを繰り返す輪作で、モルテールン領内の目ぼしい土地はかなり豊かになってきたのだ。

目下、皆が集まる場所は休耕地。先年までは広大な麦畑であった場所だ。

くるぶし程までに伸びている草に足をくすぐられつつ、集まった者たちは静かに姿勢を伸ばして立っていた。

「一同傾注」

集まった集団の前。

一段高い箱の上に乗ったペイスが、号令をかけた。傾注の掛け声のとおり、一斉にペイスに注目する兵士たち。

注目を一身に浴びつつ、ぐるりと見回して訓練の行き届いている様子に満足するペイス。

「今回、諸君らを呼集したのは他でもありません。これから、モルテールン領の未来の為に、ひいては神王国の将来の為になる、大きな作戦に参加してもらう為です」

皆が皆、しわぶき一つ上げずにペイスの言葉に聞きいる。

「作戦とは魔の森偵察です。前回、前々回と参加した者も居るのであれば、概要は今更語るまでもないでしょう」

魔の森は、広大というのも烏滸《おこ》がましいほどに巨大な、恐らくは森と思われる場所。

恐らくといわれるのは、外縁部はともかく中まで詳しく調査されたことがないからだ。ぐるりと一周、全てが森であり、その中も恐らく森である、と思われている。

魔法による偵察も容易ではなく、空からの偵察も完璧にできているとは言い難い。以前、ボンビーノ家の魔法使いが鳥による偵察を試みた。しかし、そのことごとくが途中で失敗。鳥が何かに襲われたのか、或いは魔法を許さない領域のようなものがあるのか、はたまた未知の要因があるのか。一切が不明。他の魔法も似たり寄ったりであり、物理的にも目視できるようなものでないため、恐らく森と思われる、というのがより正確な表現になる。

実はドーナツ状になっていて、中心部には巨大な海がある、などという可能性だってゼロではない。

森の広さは一国を収めても余るほどに広大。

ぐるりと外周を移動するにも、馬車でひと月やふた月はざらにかかる。

この森、元々は王家直轄領であったものを、モルテールン家に下賜された。

今はモルテールン家の持ち物であり、所有物。どうしようとモルテールン家の勝手である。本来であれば、将来何かに使えるかもしれないと手つかずで置いておいても良い。森は資源の宝庫なので、ありのまま残しておくのも十分意義深いだろう。

採掘にコストがかかりすぎる不採算な資源を無理に採掘せず、将来何かあった時の為に管理だけしておく考え方に近しい。

ところが、将来の為に安置だなどと言っていられない事情が発生した。

この魔の森の中から、一匹の巨大怪獣が現れたからだ。

大龍。

伝説にも謳《うた》われ、実在すら疑われていた存在が魔の森からまろび出て、周辺の土地を大いに荒らした。ペイスの活躍がなければ、もしかしたら今頃は神王国など綺麗《きれい》さっぱりなくなっていたかもしれない。いや、被害が神王国だけで収まった確率すら低いだろう。南大陸全土が更地になっていてもおかしくない。それほどの存在であった。

一匹出て来たことで、実在が確定した化け物。

これが、今後も起きないといえるだろうか。否、一匹いたものなのだから、他にもいると考えるのが当たり前だ。

神王国の上層部は、至急の対策を求められた。その為、モルテールン家に森ごと与えられた、というのが事の真相である。

軍事行動において、先手を取れることは非常に意味が大きい。相手の予期していない奇襲というものは、戦力差の不利すら補い、弱者が強者に勝つことだってあり得る戦法。

奇襲の為に必要なもの。それは、情報である。

相手の行動を知り、相手の弱点を知り、相手の意表をついてこそ、矮小な人間が強大な大龍に勝てるというものだ。

故にこそ、モルテールン家には魔の森の全容解明が求められる。

少なくとも、現状のモルテールン家の指導層は、王家に言われるまでもなく放置できない問題だと思っていた。

いざとなった時の大龍への対策を練る。その為にも、正確な情報を集めねばならない。

斯様な事情から、魔の森には過去二度、モルテールン家によって偵察が為されている。

完全なものとは言い難いが、地図も作成中。

進捗としてはゆっくりではあるが、成果が少しずつ出ていることも事実。

偵察というなら、これまでのとおりやれば良い。

「今回は、今までの探索とは大きく異なります」

単なる偵察だけであれば、わざわざペイスが出張るまでもない。

今のモルテールン家には、軍人としての士官教育を受けた人材がたくさん居る。寄宿士官学校卒のエリートたち。

彼ら、彼女らに兵を預け、じっくり時間をかけて調べればいいのだ。

領主の代行という、現状のトップが率先して行うような話ではないのだ。普通ならば。

ペイスは、今回人を集めた〝普通でない理由〟を語る。

「まず、目的を〝魔の森の開拓〟に定め、長期間の継続した活動を予定していること。本作戦は、その目的を果たす最初の一歩であるということです」

開拓という言葉に、心躍るものは多い。

不毛の土地を開拓して現在の繁栄を手にしているのがモルテールン家。彼《か》の家に引き立てられ、普通の平民や、市民権のない下層民が従士として取り立てられた事例もある。

魔の森の開拓が進めば、取り立てられる人間も更に増えるだろう。

我こそは。そんな上昇志向を刺激するには、十分すぎるほど魅惑的な言葉だ。

「開拓である以上、資源探索や動植物の分布調査も任務に含まれます。じっくりと腰を据えて行うつもりではありますが、不測の事態は幾らでもあり得る。今まで以上に、危険度の高い任務となるでしょう。最初の作戦が偵察だからと、甘く見る訳にはいきません」

何故か、資源探索の辺りに熱を込めて話すペイス。

その熱量の裏にあるのは、下心なのだろう。

どうせ、お菓子に関係する何かがあるに違いない。モルテールン家の従士クラスの面々は、薄々そう感じていた。

しかし、ペイスの言う危険度の高さも事実だ。これまでに行われた二回の偵察によって、魔の森はその名に相応《ふさわ》しい危険性を持っていると知られているのだから。

気合を入れなおす為に発破をかけたペイスの演説は、間違っていない。

「次に、外敵を想定していること」

大龍、とは断言しなかった。

魔の森には、現状で人間が認識できているなかでは最上位のリスクとなる大龍が居る。台風が来て家々が壊されて甚大な被害を受けるように、ひとたび龍が暴れれば、人間は大した抵抗もできずに被害に遭う。こと対策の難しい被害という点で、災害の親戚、天災の兄弟である。

ならば魔の森のリスクとは龍だけなのか。いや、それも違う。

先ごろ、モルテールン領内で野生動物が襲われる被害があった。これなどは、魔法を使う強大な肉食蜂によって起きたもの。

つまり、龍以外にも人間を襲いかねない生き物、つまり敵が存在している。

「諸君らの中には、先の勅命による行軍の際、巨大な魔獣が出没していたことを覚えている者も居るでしょう」

僅かに首肯する兵士が少なからずいた。

まともに相対すれば死傷者続出であったろう、巨大な蜂《はち》。

あんなものが自分たちの住む場所のすぐ傍に居ると思えば、不眠症になりそうな話である。

明確に存在が明らかになった脅威へ備えるというのは、兵士たちにも納得できるものだ。

「今回は、魔獣が出てきても良いように……いえ、魔獣が出てくることを前提に、作戦を行います」

外敵が居る〝かもしれない〟と思いながら偵察していたのがこれまでの二回の探索。

今回は、外敵が居ることを確定事項として探索する。〝絶対に〟外敵が出てくると思って行動するということ。ただの偵察とはわけが違う。

ペイスの言に、兵士たちは一層緊張する。

敵の存在が確定している軍事行動とは、即ち戦争だ。

魔の森を相手にした、真っ向勝負の戦いを吹っかけようというのだから、強張りもする。

しかし、ペイスは兵士たちを見てくすりと笑った。

「皆、そう心配する必要はありません」

兵士たちは、疑問を胸中に抱く。どういうことかと。

「今回の作戦には、陛下の御意を賜り、国軍の協力を得ました。それも、中央軍の協力です」

ペイスの簡潔なひと言に、おおとざわめきが起きた。

モルテールン家が国軍に強いパイプを持つのは広く知られた事実。まさかここにきてペイスが嘘をつく理由もないだろう。

神王国内において、最も強いといわれているのが国軍。その最精鋭部隊ともいわれる中央軍ともなれば、頼もしさはこの上ない。

「ひと言お願いします」

ペイスに促され、一人の男が進み出る。

「国軍の大隊を預かる、シュビチェンコ＝バッツィエンである。諸君らは大船に乗ったつもりで、安心して任務を果たすように」

シュビチェンコ＝ロマンナフ＝ミル＝バッツィエン。

筋骨隆々の軍人がそこにいた。

多難な前途

本陣ともいえる簡易の幕舎の中。

モルテールン領軍司令官のペイストリーと、国軍大隊司令官のバッツィエン子爵が作戦を討議していた。

今回の作戦目標は、魔の森の探索。それも、将来の〝領地化〟を見越して、安全地帯を作ることも含まれる。

「我々が、陛下より与えられた命は、ご存じか？」

「父より聞いております」

「ふむ、それならば話は早い」

今回バッツィエン子爵が駆けつけたのは、元をただせばペイスの働きかけによる。

モルテールン領で肉食の蜂が出たことをきっかけに、魔の森の現状調査を至急行わなければならないと考えたペイス。

半ば勘のような推測から、魔の森には更に大きな蜂蜜、もとい問題があるはずだと考えた。

そもそも、蜂というのは、普通の生物界においては強者ではない。勿論、虫の世界だけを見るならば捕食者の側としてそれなりに強いのかもしれないが、生態系全体で見るならば蜂とはか弱い生物だ。

結局は虫であり、蜂を捕食している鳥や獣は何十何百と種類があるだろう。

例えばトンボ。

オニヤンマのような肉食のトンボは、非常に素早く空を飛ぶ生き物であり、空中を飛ぶ蜂を良い餌として捕食する。

或いはカマキリ。

肉食昆虫の代表のような生き物であるカマキリは、蜂も勿論餌にする。逆にカマキリを餌にしている蜂もあるので、食ったり食われたりの相互天敵ともいえるのだが、油断していれば餌にされるという意味でカマキリは蜂の捕食者だ。

百舌鳥《もず》も蜂の天敵。

ハヤニエを行うとして知られる百舌鳥は、空を飛びながら蜂を襲って餌にする。蜂の巣のすぐ傍に巣を構えて、巣ごと自分のレストランのようにしてしまうものも存在する。総じて昆虫を餌にしている鳥類は、蜂にとっては天敵だ。

魔の森から出て来た蜂は、確かに脅威であった。

シカや狼を貪《むさぼ》るだけの巨体。動物の骨も砕いていた強靭な顎《あご》。下手な弓矢や投石であれば跳ね返す外骨格。空を飛び回る機動力や俊敏性。更に、魔法を使うだけの能力。

魔法の使えない、普通の人間が相対するならばどうだろう。確実に人間のほうが捕食される側。食物連鎖における弱者の側になるだろう。戦って勝てる人間など、そうはいない。

では、この蜂は魔の森ではどの立ち位置だったのだろうか。

そう考えたペイスは、言いようのない不安を覚えた。

この蜂が、圧倒的強者として君臨しているようなら、さほど問題はない。どこまでいっても結局は蜂であるし、除虫の為の薬などの対策も思いつくし、【発火】の魔法で対処することもできた。

しかし、仮にこの蜂が食物連鎖の底辺に位置する存在であれば、どうなるだろうか。

人間を襲いかねない凶悪な蜂以上に脅威となる存在が、魔の森にはうようよ居ることになりはしないだろうか。

ペイスは、より詳細な魔の森の調査を行うと同時に、この危機感を王家にも持ってもらう必要性を感じた。

モルテールン家のみが矢面に立たされ、もしも一家だけで対処できない、或いは対処にとてつもないコストのかかる生物が居たらどうするのか。

国全体の脅威、人類全体の脅威となる存在に対して、後手後手《ごてごて》となってしまうのではないか。

魔の森の生態系に狂いが起きているであろうことは想像に容易い。気がついた時には、とんでもない怪物が現れて、人類が壊滅していた、などということもあながち笑い飛ばせる話でもないのだ。

そこで、ペイスは父に願い出て国軍を一隊借り受けることにした。

国軍を巻き込んでしまえば、魔の森の実情を国の上層部と共有できる。隠しておきたい魔の森の良い情報も駄々《だだ》洩《も》れになる訳だが、悪い情報も共有できるメリットを重視した形だ。

国軍派遣の為の交渉材料については、モルテールン領に幾らでもいる。正確には、いつでも捕まえられるように普段は泳がせている。海外産であれば更に高値がつく。

スパイ、間諜、情報工作員、呼び方は何でも良いが、質のいい、鮮度の高いとれたてピチピチの裏情報がより取り見取りなのがモルテールン領である。

魔の森の危険性について。ペイスは、国軍派遣を承諾してもらってからカセロールにも伝えた。国の上層部にも伝えてほしいとの伝言付きで。

カセロール経由でペイスの懸念を聞いた国王は、至極尤《もっと》もと納得した。

そこで、モルテールン領に精鋭部隊を送ったのだ。先の派遣決定に加えて、状況次第では更なる援軍も用意するという形で。

先んじた形で送られた隊に与えられた命令は三つ。

一つは、魔の森の開拓に協力すること。

魔の森の情報が王家にとっても利益となるのは言《げん》を俟《ま》たない。金鉱脈でももし見つかれば、王家が権利を買い取るように交渉したりもできる。

尚、これは王とその側近にしか伝わっていないことであるが、魔の森には確実に価値のある資源がある。ペイスは蜂蜜の存在を知り、それを暈《ぼか》しながら重要な資源の存在を匂わせた。王は、それが何であるかは分かっていないが、モルテールン家から「価値のあるものが見つかった」とだけ言われている。そして、それが魔の森には豊富にあるかもしれないと。

永続的に資源を得るためにも、魔の森に人の手を入れたい。

もう一つが、外敵の調査。

魔の森から、大龍が出て来たのは記憶に新しい。更なる脅威が出てくるかもしれない以上、どのような脅威が存在するかを調べておくのは悪くない。いや、必須事項だ。

モルテールン家の調査に協力することで必要な情報が集まるのなら、一隊を動かすのも必要経費といえるだろう。

更にもう一つが、モルテールン家の監視。

ただでさえ、金もあれば名声もあるモルテールン家だ。魔の森の調査として軍を動かすのなら、良からぬ企てがないか監視の一つもしたいものである。

勿論、王とモルテールン子爵には信頼関係があるし、信用もしている。あくまで、他の貴族からモルテールン家にだけ甘いと言われたときの言い訳用だ。

監視といいつつ、実態は和気あいあいとしたフレンドリーな交流である。

「まずは、前回の偵察結果から、地図を作ってみました」

「ほほう、我々に見せても良かったのか？」

普通、地図というのは重要な軍事機密に該当する。

古今東西、地形や地理の把握が軍事行動において重要であることは言を俟たない訳だが、それを記録する地図というものは、あるとないとでは軍事行動の質が二段階か三段階は違ってくるのだ。

バッツィエン子爵は国軍の重鎮。地図という情報の塊が持つ重要性を当然理解している。そして同時に、領地貴族というものが、国軍に対して最後まで非協力的なのがこの地図の提供だとも理解していた。

地方の領地貴族にとって、最悪の場合、国軍は自分たちを討伐に来るかもしれない相手。できるだけ軍事的な情報は与えたがらないものなのだ。

例えば、レーテシュ伯爵領の地図は、存在を探っただけでも重罪になる。

これは、レーテシュ伯爵家が元々独立国であったことに由来していて、潜在的に常に王家から厳しい目を向けられてきたことが理由だ。南の海に覇権を形成したレーテシュ家であるが、領地そのものは豊かな平野が多い。遮るものがない土地が広がっているということは、神王国が敵になった場合、自然の天嶮《てんけん》を頼んで防衛するという戦術が難しいことを意味する。

また、本質的に交易国家の性質を持つレーテシュ領は、絶対的に交易相手、つまりは他者を必要とする。周り全部を敵にしてしまった場合、交易を行う相手が居なくなり、仮に戦いで勝てても経済的には自分で自分を経済制裁しているような状況に陥るのだ。

故に、代々のレーテシュ伯爵家当主は神王国の爵位を殊更《ことさら》宣伝するとともに、王家との関係維持を半ば使命としてきている。

してきているのだが、関係性の構築とは、片方だけの想いだけで上手くいくものでもない。神王国の王家が、より強固に服従を強いてくる、或いは搾取を行おうとする可能性はゼロではない。

南部の貴族を糾合し、神王国に反旗を翻すこともあり得るのだ。

軍事情報の粋を集めた地図などというものを、簡単に国や国軍に見せるはずがない。

しかし、そこはペイス。

地図情報は細大漏らさず公開した。

バッツィエン子爵などはその気前の良さに、逆に心配になったほどである。

「共同歩調を取る以上、情報の出し惜しみは友軍の危機を招きます。当領の軍事機密ではありますが、友軍に隠し立てすることはありません」

「流石《さすが》、流石はモルテールン卿の御子息。いや、見事、感服仕《つかまつ》った!!」

何故か大胸筋を膨らませながらペイスを褒める子爵。

共に背中を預け合うのなら、信頼して胸襟《きょうきん》を開く。

開く胸襟が、胸筋《きょうきん》であるのが筋肉馬鹿であり、打算であるのがお菓子馬鹿だ。

ペイスにしてみれば、地図の情報が洩れて利用されたとして、ひと月もあれば逆に罠に嵌《は》められる程度に地形を弄《いじ》れる。魔法という反則技を幾らでも使えるモルテールン家としては、下手に隠すより信頼を買うほうが得と判断したのだ。

ペイスらしい、大胆な決断といえるだろう。

「各員、所定の作戦行動に移れ!!」

「モルテールン領軍、偵察行動に移行。班別に分かれ、索敵開始」

子爵とペイスの命令によって、一斉に動き始める軍。

「しばらくは、ここで待ちますか」

「うむ」

小一時間ほどして情報が集まってくれば、森の状況も摑めてくる。

「やはり、野生生物の密度が非常に濃いですね」

「そうなのか？　我々は以前の状況を知らんから、比較ができん」

「間違いないですね。恐らく、大龍騒動で一斉に森から逃げた動物たちが、徐々に数を戻しつつあるのでしょう」

「ふむ」

先の大龍騒動の時は、第一波は森からの獣の大軍がやってきたことだった。

獣の動きの怪しさからモルテールン家は事前に察知できたが、そうでない家は気づけずに見過ごしてしまったケースもある。

今回は、単に数が前回よりも増えているといった様子。

今までが一斉に逃げて数を減らしていた状態だと思えば、今回ぐらいの数が適正なのかもしれない。或いは、数が戻りつつある途中なのか。

少なくとも、今後も数が急減することはなさそうな雰囲気である。森に居る動物たちの様子から、そう判断された。

「安全な狩場にできるなら、それこそ動物性資源の宝庫になりますよ」

「それは良いな。狩場として使えるようなら、我々にも使わせてほしい所だ」

順調な推移。お互いに冗談を言い合う余裕すらあるペイスと子爵。

だが、和やかな雰囲気も僅かな時間であった。

ややあって、ペイスの元に部下が飛び込んでくる。

「ペイストリー様!!」

「何事ですか?」

「こちらへ!!　すぐに来てください。大変なものを見つけました!!」

「大変なもの?」

ペイスが、部下に対して詳細を求める。

「崖です。見上げるような大きな崖が、どこまでも続いていました」

前途は、まだまだ多難なようだった。

迂回《うかい》

崖を発見してからのこと。

ペイスたちは、崖の迂回を試みた。

しかし、その試みは上手くいっていない。

崖を迂回できていないという意味でもあるが、崖に終わりが見えないということでもある。

「ペイストリー殿、そろそろ日が暮れるぞ」

モルテールンと国軍の連合軍が、魔の森の捜索を開始して十時間ほど。

途中で幾ばくかの休憩を挟みつつとはいえ、道なき道を開拓しながらの行軍は辛い。むしろ、何時間もの間動き続けられただけ、国軍の兵士も、モルテールン領の兵士も、どちらもよく鍛えられている。

「一旦、ここで態勢を整えましょうか」

「うむ、そうしよう」

目ぼしい平地にたどり着いた辺りで、ペイスはバッツィエン子爵に進軍停止を提案する。

さすがにぶっ続けで森の複雑な行程を進んだことで、疲労が見えていたからだ。

あのペイスでも疲れを感じている道のりであったといえば、その辛さも分かりそうなものである。

「本日はここで野営します」

「はい、承知しました!!」

ペイスの命令により、きびきびと動く兵士たち。

平地とはいっても、石や岩がごろごろしているし、草は滅茶苦茶に生え放題だし、木々は生い茂っている。

先《ま》ずは目ぼしい障害物をどかし、下草を刈って身動きの取れる状態を作らねばならない。

こういった作業は、専門家としては工兵部隊が居る。

兵站《へいたん》部門に属することもあるが、今回の作戦は国軍のバックアップ付き。精鋭の工兵部隊も随伴しているため、整地作業も淀みなく行われていた。

「暗くなる前に、火の準備を」

「はい」

日の届きにくい森は、ただでさえ暗い。

その上日が落ちるとなると、真っ暗闇の中で過ごす羽目になる。

普通の森でも夜行性の肉食獣が知られているのだ。暗闇が危険であることは言を俟たない。

森の中というのは、一見すると燃やすものがたくさんありそうに思われるが、実はそうでもない。

日が届きにくい地面は常日頃から湿り気を帯び、倒れた木々も濡れたままで腐っていく。細い枝のようなものならまだしも、乾燥した燃えやすい燃料というのは案外少ないのだ。

特に、大所帯の人間がひと晩煌々《こうこう》と照らせるだけの灯りの燃料となると、なかなか難しい。

兵士たちは、整地の際に木々を掃《はら》う。そして、その木々の良さそうなものを集めて、持ち運んできた薪と入れ替えるのだ。今後も活動していく間に、乾燥させるという寸法だ。

火の準備ができれば、テントを設営していく。

ここできちんと整地がされていないと、テントの下が岩や石だらけになり、まともに寝られない状態になる。足つぼマッサージのデコボコの上で寝るようなものだ。健康になれるのならともかく、間違いなく寝不足になる。

「設営、終わりました」

「ご苦労様。食事の準備を始めてください」

「はい」

野営の準備は滞りなく進み、順調な様子には指揮官たちも安堵している。

国軍とモルテールン領軍。足並みを揃えるのにも、お互いの力量がまだ手探りの状態。最低限の統一行動がとれていることが安心できる要素ということだろう。

「しかし、魔の森とはいいつつも、ここまでは大したことがなかったな」

「そうですね。しかし……」

ペイスは、一方に目をやる。

誰しもが感じる圧迫感の元凶。

「この崖、やはり気になりますね」

「そうだな。崖に沿って移動してきたが、どうにも終わりが見えん。このままザースデンから離れすぎるのも拙《まず》かろう」

今回の探索は、長期間じっくり時間をかけて、確実に成功させる必要がある。

軍事行動において堅実さを考えた時、補給線が伸びるのはあまり好ましいことではない。

例え、敵が魔物を想定していたとしても、不測の事態は常に起こり得る。むしろ、不測の事態をどれだけ事前に予想できるかが指揮官の経験値というものだろう。

万が一、魔の森で孤立した場合。補給というものがなくなった場合。早期に撤退するのならば、やはり安心できる場所からは近いほうが良い。

もしもこのまま、崖に沿って移動し続け、何日も移動する羽目になればどうなるか。仮に崖の迂回に成功したとしても、それはそれで長久の補給路という弱点は残る。

「今から崖登りでもやりますか？」

「それは卿の判断に任せよう。しかし、下策《げさく》だと思うが？」

「まあ、そうですよね」

疲労困憊《こんぱい》で崖登りをやろうなどと、正気の沙汰《さた》ではない。命綱すら碌にない状況でロッククライミングなど、疲労がない状況でもリスクがあるのだ。乳酸の溜《た》まり切った現状で強行すれば、今回の作戦で殉死者が出かねない。

しかし現状を整理すれば、崖を放置するのも不味いと思われる。

「ここまで、地図がある状態で徒歩半日強ですか」

「朝方の暗いうちから出て、今がもう夕方ですから、ここまで来るのも大変ですね」

ペイスの言葉に、横についていたバッチレー＝モーレットが息を荒げながら返事をする。ぜえはあと呼吸を整えているが、将来の幹部候補生として若手を鍛える方針はモルテールン家全体の方針だ。

今回の作戦は森に絡むということで、日頃は森林管理長の部下として働くバッチにお鉢が回ってきた。

まだまだ若手で体力面に難があり、ここまで半日以上の歩きどおしでかなり体力を消耗している。毎日訓練に次ぐ訓練で鍛えられている国軍の兵士や、幼少期より科学的な体力トレーニングをしてきたペイスとは違うのだ。

況や、体力と筋肉だけは有り余っている子爵などは、まだまだ元気である。

下策とは言いつつも崖を登るという選択肢が出たのは、その為だ。

「モルテールン卿、ここまでの状況をすり合わせよう」

「分かりました」

バッツィエン子爵の言葉に、ペイスは頷いた。

「以前の探索で得られたという地図の端から、ここまで。特に変わったところはあったかな？」

「いえ、特には。人の手が入っていない原生林でしたから、移動するのが大変であったこと以外に問題は感じられませんでした」

「同感だ。正直、これが魔の森と恐れられている場所だとは思えん程だ」

「そうですね」

実際には、鍛えられた軍人たちであれば、問題はない行程だった、である。

野生動物が増えていることが判明したように、人間にとって脅威となり得る動物がいたり、或いは人が下敷きになれば最悪死にかねない、倒れかけている巨大な樹木などはあった。一般的な森と比べても、決して劣らない程度には自然の驚異が存在していたのだ。

つまり、一般人が森に入るべきではない理由は幾つもあった。

ペイスやバッツィエン子爵が問題ないと言っているのは、他の森には存在しないような〝明確な異常がない〟からである。

「我々であれば、この程度は容易い。むん!!」

鍛えられた人間であれば越えられる障害は、鍛えて解決すればいい。バッツィエン子爵は背筋を盛り上がらせながらそう主張する。

「このまま崖を迂回するかどうか」

「……体力が回復したなら、崖の上を見ておくのも悪くないのでは?」

バッチレーの意見に、ペイスたちは一考する。

確かに、今から崖登りとなると自殺未遂と言われそうだが、じっくり体力を回復させたあとなら、ロッククライミングの一つもできそうだ。

少なくとも、選抜した身軽な人間を幾人か、崖の上に偵察に出すのは悪い手ではない。高い所に行けば見えてくるものもあるだろうし、崖の先の情報を得るのも大事だ。

「崖の先に何があるのかを確認したなら、取り合えずここまでの道を整備してみますか？」

「工兵の出番か」

道を整備すれば、行動は飛躍的に容易となる。

モルテールン家の持ち物である森だ。領主代行のペイスがゴーサインを出せば、すぐにでも工事はできる。

最低限、邪魔な木々を切り倒し、行く手を塞ぐ草を掃い、大きな岩を退けるぐらいはしてもいい。

そうして通交がやり易くなれば、今後も長期的に安定した〝開拓〟が可能である。

「木材資源というだけでも十分価値はあるんですが、それにしたってこのジャングル……」

見渡す限り、鬱蒼とした森。ペイスがジャングルと評するのも分かる、原生林である。

それでも、流石はモルテールン領の精鋭と国軍だ。野営地の造設は、疲れ切っていても順調に行われる。

訓練の成果というものは、頭で考えることが難しくなった疲労の時に如実に出てくるもの。普段やってきた体に染みついたことが、考えなくてもできるようになる。

「野営準備、完了しました。食事のご用意もできています」

「ご苦労様」

一生懸命動き回っていた兵士たちが、作業を終える。

森の中であろうと、腹が減っては戦はできないのは古今東西変わらない理屈。

「モルテールンの飯は美味《うま》いな!!」

今回、食料の供出《きょうしゅつ》はモルテールン家主体だ。

食事に関しては異常にこだわるのがモルテールン家の特徴。

糧食《りょうしょく》として準備されていたものも、保存性とあわせて味にも拘《こだわ》ったものばかり。

コンソメの素もどきの粉末の調味料でスープを煮込んでみたり、小麦粉を練って麺《めん》を作ってみたりと、ここはどこの野外食堂だと言いたくなる有様だ。

「美味《おい》しい食事は、士気《しき》を高めますから」

「なるほど、流石はモルテールン卿!!」

美味しい食事を食べれば、兵士たちも和やかな気持ちになる。

魔の森の中でも、ほっこりとした雰囲気が漂い始めた。

「それでは、交代で休息を取りましょうか」

「そうだな」

食事も終われば、もうあたりはすっかりと暗くなっていた。

かがり火によってゆらゆらと頼りない灯りが野営地を囲っているが、はっきり言って森の中では大した灯りではないだろう。十歩も森に進めば、かがり火程度の灯りでは手元不如意になる。

「今日は、我々が夜番を出そう。モルテールン卿たちは、ゆっくり休まれると良い」

「そうですか？　子爵閣下こそ慣れぬ土地でお疲れでは？」

「何のこれしき。鍛えていれば何ほどのこともない。遠慮は不要」

ペイスとしては遠慮するつもりもないのだが、モルテールンの気候に慣れた人間が、夜の見張り

をするほうが良いかもしれないとは考えていた。

しかし、自分たちに任せろと子爵が請け負うのだから、断る理由もない。

「では、お先に」

「うむ、ゆるりと休まれよ」

いそいそとテントに潜り込むモルテールン領軍。寝られるときにしっかり寝ておくのも大事なことだと、訓練では習う。

寝つきの良さも、良い軍人の資質の一つ。

その夜。

ペイスたちが簡易なテントを張って就眠体制を取っていた時だった。

「敵襲!! 敵襲!!」

夜中に、大声で叫ぶ兵士に叩き起こされるのだった。

本物の活躍

「敵襲です!!」

夜も更け、かがり火以外の灯りも然程ない中で、敵襲との叫び声が上がる。

同時に、人の悲鳴のような声もした。

ただならぬ事態と誰もが分かる状況の中、慌てて用意された松明《たいまつ》に火が灯っていく。

ゆらゆらと揺れる頼りない光であっても、状況を把握することはできる。

「総員、戦闘態勢」

テントの中で敵襲の声を聴いたペイスは、テントから出るやいなや即座に命令を下した。

「はっ、総員戦闘態勢を取れ!! 不寝番《ふしんばん》は守りを固めろ」

「急げ急げ!!」

ペイスの号令一下。

慌ただしく動き出す陣の中。

夜襲朝駆けは兵法のうちにあり、正規軍である連合部隊には混乱はない。訓練どおりの動きで対応をしつつ、態勢を整えていく。

「敵襲と声がしましたが?」

「はい」

ペイスの部下であるバッチレーが、状況を報告していく。闇夜の襲撃だ。完璧な状況確認というのはまず難しいだろう。しかし、何も知らないで指揮をすることもできない。

報告に来た部下に、詳細を聞いていく指揮官ペイストリー。

「敵とは人ですか。獣ですか」

「獣と思われます」

モルテールン領内は基本的に治安維持活動が行われており、突発的な喧嘩や騒乱、或いは窃盗や詐欺といった、現代でもありふれている犯罪行為は取り締まりを行っている。

領主家が軍家であるからなのだろう。信賞必罰の徹底が為されており、どんな身分の人間であろうと犯した罪の重さによって刑罰が下される。

他所から来る人間の中には、元々居た場所が居づらくて逃げて来た者も珍しくない。喧嘩だけならまだしも、もっと強力な武力をもって暴れる者も時折居るのだが、モルテールン領では腕っぷしであれば国内でも屈指の精鋭が居る。暴れてもすぐにブタ箱行きだ。

こと犯罪行為に関しては、賄賂《わいろ》も受け取らないのが風紀として徹底されていることもあり、荒くれものはすぐにも大人しくさせられてしまう土地なのだ。

必然、武力を持った犯罪集団。いわゆる盗賊といった類の人間は、いなくなっていく。少なくとも、日頃見回りを行っているエリアに盗賊が居れば、腕に自信のある精鋭部隊が訓練代わりに嬉々として襲撃しているはずだ。

しかし、今いる場所は森の中。それも、人の手が入らない原生の森だ。

盗賊や、或いは町から逃げ出した犯罪者が隠れる場所としては、珍しくもない場所。

町から少し離れた森の中、などというのは兵士の目も届きにくく、かといって町に出入りすることも難しくない。

他所の土地であれば盗賊が根城を作っていたというケースもある。

今回の作戦行動においても、当初から盗賊などの発見も想定されていた。あり得る事態として、事前に想定されていたのだ。

今夜の敵襲という事態。まず最初に〝敵の判別〟を行ったペイスの行いは、至極真っ当である。

「敵の数は」

「少数です。三より少数です」

「方角は」

「東側です。最初に襲撃の声があったのが東でした」

「ふむ」

数は少ないとの報告に、ペイスは少しだけ思案を巡らせた。

野生動物が襲ってきたと仮定した時、襲ってきた相手は恐らく、狼や野犬といった群れで狩りをする動物ではないだろうという考えが頭をよぎったからだ。

群れで狩りをする動物は、基本的に多数で少数を襲う。はぐれてきた狼でもない限り、少数で多数を襲うなどは余程の事態である。

つまり、〝まともな敵〟ではない可能性が高いということ。

更に、東側というのが気になった。

魔の森は、モルテールン領の北側にある。従って、出入りする場合はまず森の南から侵入する。今回の探索も、ザースデン北方より森の南方に入り、そのまま北上して崖にあたり、東側に移動してきた。

つまり、未探索の場所から襲ってきたということだ。

既存の探索済みの場所であれば、敵と想定される野生生物の強さもある程度調べはついている。

班ごとの斥候によって地図も作られているし、目ぼしい脅威はあらかた洗い出してあるはず。

しかし、未探索地域はそういった事前情報は少ない。

敵の想定は、強めにしておくべきだろうとペイスは考える。

今まで探索しつつ歩を進めた限りにおいて、精鋭の軍集団に襲いかかってくるような生き物はいなかった。今襲ってきているということは、見逃していた脅威と、見知らぬ驚異のどちらか。可能性としては、見知らぬ脅威である確率のほうが高かろう。

「ぎゃあああ」

ペイスが考え込む間に、更に声がした。

パッと声をしたほうを見れば、森の木々の陰。うっすらと光に当たったところに、何やら巨大な動く物体がある。

松明の光を嫌ってか、さっと森の中に入っていった物体Xについて。

咄嗟《とっさ》のシルエットだけでは確かなことは言い辛い。

「見えましたか？」

「はっきりとは……ただ、間違いなく人ではありません」

「足が複数ありましたね」

「足とは限りませんが、動く細長いものが複数本、体らしきものにくっついてました」

おおよそ、咄嗟に見えた生き物のシルエットから、正体を推測する。

「あれは、蜘蛛《くも》ですか？」

「知りませんよ」

「バッチ、怖いのは分かりますが、投げやりにならずに冷静に」

「え？　あ、すいません」

誰もが、はっきりと見たわけではない。

それでも、足らしきものがいっぱい生えていて、そのままうぞうぞと動く動き方から見て、蜘蛛のように見えた。

未知の世界でもある魔の森だ。得体のしれない化け物や、新種のような生物が居ても何ら不思議はない。しかし、だからこそ蜘蛛と確定するわけにはいかない。

森の奥に消えていったシルエット。

それを見送ったところで、軍も慌ただしく動き始める。

「点呼ぉ!!」

日ごろ行われる訓練のとおり、班員ごとに安否確認が行われる。

一斉に声が上がり、がやがやざわざわと煩《うるさ》さが増す。

「報告します!!　行方不明者2，負傷者2，うち軽傷2名であります!!」

「分かりました」

ペイスにもたらされた報告は、悪い報告であった。

正体不明の何かに襲われたことで、怪我人が出たのみならず、行方不明者が出た。

恐らくは敵に攫われたものと思われるが、悪くすれば既に殺されているかもしれない。

「どうしますか。ペイストリー様」

部下の声に、しばらく考え込むペイス。

そんなペイスの傍で、声を上げる者がいた。

いや、声を上げる〝ペット〟がいた。

「きゅぴぃいい」

「ピー助!!」

ピー助が、任せろとばかりに飛び出した。

魔の森の探索において、先住の実績のある大龍というのは秘密兵器でもある。できるだけ隠しておこうかと思っていたペイスではあったが、勝手に飛び出されては隠しようもない。

喜び勇んで、謎の存在が居た方向にすっ飛んで行った。ペイスが知る限り、自分の声を聴かずにまっしぐらに向かっていくときは、食欲に動かされている時である。

ペイスの魔力が大好物のピー助ではあるが、他の餌を食べないわけでもない。イチゴやブドウといったフルーツは大好物であるし、魔力の籠《こ》もった飴《あめ》はあるだけ貪るほどのお気に入り。

森の奥にすっ飛んで行った様子を見れば、食欲に突き動かされているのは間違いなさそうだ。

ここですっ飛んで行って、まさか果物でしたというはずもないだろう。

「総員、守備陣形!! 敵は魔物を想定!!」

ピー助の大好物が謎のシルエットの正体であるとするなら、魔力を帯びている確率は非常に高い。

魔力を帯びた生き物。つまりは魔物。

モルテールン家が呼称しているそれは、先の勅令に際して存在が確定した〝魔法を使う生き物〟のことである。

兵士たち、特にモルテールンの領兵たちが俄《にわ》かに緊張しだす。

彼らは、自分たちの力が殆《ほとん》ど及ばなかった存在が魔物であると知っているからだ。一番有効な対抗手段は、今しがたすっ飛んで行った大龍である。

守りを固め、被害を抑えるのが最良とのペイスの指示に、兵士たちは迷わず従う。

ややあって、森の奥側が明るくなった。

火柱のようなものが見え、明らかに何かが燃える様子を見せる。

すわ、火災に巻き込まれるのか、と身構える兵士たち。

だが、しばらくして火は小さくなっていった。

「あれは？」

「ピー助が火を噴いたんでしょう。森の木々が燃えていないと良いんですけど」

「心配するところそこですか？」

「取り急ぎ、状況を確認しましょう。いきますよバッチ」

「え？　俺？」

「魔物を敵と想定するなら〝魔法が使える〟人間でなければ危険でしょう。ほら、ぐずぐずしないで」

モルテールン家の従士には、〝魔法の飴〟の秘密も一部開示されている。

いざとなれば、魔法を使うことになるという事情からだ。

勿論、情報を開示される人間は選別されているのだが、バッチレーは選ばれた側の一人。魔法の飴を使って【発火】や【掘削】を使う可能性がある人間である。

魔法を使う魔物には、ピー助を除けば魔法で対抗するしかない。ならば、素で魔法を使えるペイスや、バッチレーが率先して動くのは妥当な判断。

松明を持った兵士と共に、火柱の上がったと思われる場所に向かうペイスたち。

そこには、ごくごく当然の顔をして、どでかい蜘蛛を啄《ついば》む龍の姿があった。

むしゃむしゃと、美味しそうにディナータイムを満喫していらっしゃった。

「相変わらず、この子は凄いですね」

バッチレーは、やれやれと溜息をつく。

「モルテールン卿……この生き物はもしかして……」

安全確認が済み、遅れてやってきた子爵が、ペイスに尋ねる。目の前でワイルドな食事をする生き物は何かと。

バッツィエン子爵も、中央に席を置く者。

噂《うわさ》は当然耳にしていたのだが、〝本物〟をここまで間近に見るのは初めてである。

「ええ、大龍です」

「大龍⁉　やはりそうか‼」

筋骨隆々な子爵が、龍に手を伸ばす。

撫《な》でようとしているのだろうが、いきなり大きな男が手を伸ばしてきたら普通は怯える。というより、大龍も自衛として子爵に反撃しようとする。

「大丈夫、この人は仲間ですよ」

「きょい？」

ペイスに頭を撫でられた龍は、それで大人しくなり、そのままバッツィエン子爵の手で撫でられた。

「やはり、鱗《うろこ》は硬いのだな」

「そうですね。試したことはないですが、そこら辺のなまくらの剣ぐらいならはじき返します」

「そいつは凄い」

「頼もしい相棒ですね」

「きゅぴぃ」

ピー助の顎を撫でるペイス。

龍は、育て親の手をくすぐったそうにしつつも喜ぶのだった。

食事

蜘蛛の討伐された跡地。

大龍がもっしゃもっしゃと食事をする脇では、必死に動く兵士たちが居た。

「こっちだ、まだ生きてるぞ‼」

「よし、いいぞ‼」

彼らがしていたのは、行方不明者の捜索。

戦友を助けるのは当然とばかりに張り切り、蜘蛛の居たあたりを懸命に捜索していたのだ。

その甲斐《かい》あってか、蜘蛛の巣と思われる地面の穴の中に、まだ息のある兵士が見つかった。

「ペイストリー様、行方不明者が一人見つかりました‼」

「様子はどうですか？」

「太ももに大きな噛み傷。胸元から出血。かなり危険です‼」

行方不明者だった一人は、容体が非常に悪いと判断される。

一番大きく目立つのは、胸元の血。さっきから血を止めようと救助者も試みているのだが、血の止まる様子を一向に見せない。

更に、太ももからも出血している。

大腿部にも胸部にも、大きな動脈が存在している訳で、太い血管が切れてしまっていれば、出血によって大事に至るのは時間の問題。

細かいところで言えば、引きずられたのであろう擦過傷《さっかしょう》は数えきれない。あちらこちらに大小の擦り傷がついていて、それも血がにじんでいる。

総じて血だらけであり、命に関わる重傷と判断せざるを得ない。このままだと行方不明者カウントが減る代わりに、死者数カウントが一つ増えかねないだろう。

「僕が見ましょう」

ペイスは、冷静だった。

明らかに襲われた跡の残る兵士に対して、そっと近づく。

様子を見たところで、懐からお菓子を取り出した。

「さあ、この飴を舐めなさい」

兵士の口の中に飴を放り込みつつ、ペイスはこっそりと【治癒】の魔法を発動する。

現代的な医学知識を齧《かじ》っているペイスは、本家の【治癒】よりも効果の高い魔法が使えるのだ。

出血の治療というのも、過去に経験しているもの。

「おお!!」

「凄い!!　治っていく!!」

「流石ペイス様!!」

藁《わら》にも縋《すが》る思いで、魔法擬装用の飴を舐める負傷兵だったが、魔法の効果は劇的である。動画を十倍速にしているぐらいの勢いで、みるみると傷口がふさがっていく。見ていて気持ち悪いぐらいに蠢《うごめ》く治り方だ。

兵士たちは騒がしいが、ペイスはじっと魔法をかけ続ける。感染症や毒といったものの可能性も考慮した、入念な治療のためだ。

「体は動きますか?」

「……はい、何とか。ありがとうございます」

「礼は不要です。部下を助けるのは上官の務め。よく頑張りましたね」

「はいっ‼」

魔法というものの持つ力は、人知を超える。

死の淵に片足で立っていたような容体であっても、無事に生還の道に引っ張り込むことができた。

負傷していた男は、ペイスの言葉に目を潤ませながら感謝した。

よかったよかったと、明るい雰囲気になる連合軍。

「流石はモルテールン卿であるな。その飴、もしかして体の傷が治る飴なのだろうか」

国軍大隊長は、目の前の事実を見て興味を惹かれた。

明らかに重傷。それも、もう助からないと覚悟するような傷の人間が、ほんの数秒で回復したのだ。これに興味を持たない訳がない。

魔法という、人知を超えた能力を持つ人間が実在する世界。バッツィエン子爵は、現代人より柔軟に起きた出来事を受け取る。

受け取ったからこそ、強く興味を惹かれるのだ。

「ははは、まさかそんな。多少の薬効はありますが、そのような効果があるなどありえませんよ」

「しかし……いや、卿がそういうのであれば、そうなのだろうな」

「閣下は何も変わったことは見ていない。その代わり、今回の作戦では今後も同じように動く。如何です？」

「なるほど、部下たちも万が一の時には傷を癒やしてもらえるというのなら、心強かろう。心得た。小官は何も見ておらん」

どんな家であっても、秘密の一つや二つはある。

バッツィエン子爵は、今しがた目の前で見た魔法のような光景を、すっと心にしまい込んだ。

魔法の飴などというものが公になれば、騒動の種になりかねないと思ったからである。

「ところで、そろそろ詳しく調べましょうか」

「む、そうだな」

既に、いつの間にか明け方近くになっていたのだろう。

空が白み始めたところで、だんだんと辺りの〝惨状〟がはっきりと見えてきた。

巨大な蜘蛛の死骸が、細かくちぎられて散乱しているのだ。小さくて食いでのない部分を捨てたのだろうと思われるが、巨大で〝あった〟蜘蛛の躯《からだ》は、今や見るも無残な有様。

唯一、頭はそのまま残されていた。

蜘蛛だと確定できるのは、それがあるから。

独特の複眼に、獲物を食らう強靭な顎。顔中が毛むくじゃらで、これだけ見ると化け物である。

尚、やらかした張本人、もとい張本龍は、お腹がいっぱいになったのかペイスの腕の中でぐうすうと寝息を立て始めている。犬ほどに大きく育った龍である。そろそろペイスに甘えるのも限界だと思うのだが、気性はまだまだ幼いらしい。

ピー助をテントに寝かせたペイスは、改めて蜘蛛の出没した付近の捜索に当たる。

「地面に穴を掘って巣をつくるタイプの蜘蛛ですか。バッチ、入口の大きさを記録しておいてください」

「分かりました」

「後は、中に入って調査継続ですかね」

「こんなもんが居るところ、歩くのは恐ろしいです」

部下の言葉に、同感だと頷く指揮官たち。

幾ら鍛えていようが、人間が捕食される側なのは明らかだ。それは、筋肉だるまであろうと、或いはお菓子馬鹿であろうと変わらない。

人食い蜘蛛が、一匹だけとは限らない。

むしろ、生物である以上繁殖の相手がどこかには居ると思っておいたほうが良いだろう。

人間を襲って食らいついてくる蜘蛛など、洒落にもならない。

既に、魔の森探索での外敵想定はマックスに張りついている。最上位の警戒態勢である。

「一応、入口の調査だけでもしておきますか」


明るくなってきたことで、蜘蛛の巣と思《おぼ》しき地面の穴がはっきり見えて来た。

穴というよりは、洞窟に近い。人が立って歩けるほどにデカい穴だ。入口の幅は四メートルから五メートル。決して小さいとは言えない穴だ。

入口から少しばかり覗いて確認する一行。

真下に穴が掘ってあるのかと思えば、斜めに穴が掘ってあり、奥のほうはどうやら地面と平行になっているらしかった。入口だけ斜めの地下室である。

「中に入ります」

「……俺もですよね？」

「バッチは今は僕の副官でしょう。別命があるまで傍に居るのは当然です」

「うう……怖い」

化け物がいたであろう得体のしれない洞窟に、乗り込もうとするペイス。この度胸の良さは親譲りなのだろうか。

多くの兵たちが恐々としているのに比べ、平然としているペイスの異常さが際立つ。

結局穴の中には、精鋭だけで潜っていくことになる。

「デカいな」

自分も行くと言い張ってペイスにくっついて来た子爵が、呟くように口にした。

「穴が、ですか？」

「ああ。これほどに大きな穴を、蜘蛛が掘ったのだろうか？」

「そうであってほしいと思います」

ペイスは、心底でこの穴を掘った犯人が蜘蛛であってほしいと思った。

明らかに掘削した跡が見えることから、何かが掘り進めた穴であることは間違いない。自然に生まれた洞窟などではないのだ。

穴を掘った生き物と、中にいた蜘蛛が別であった場合。脅威は更に増すことになる。

例えば、穴を掘るといえばモグラが居る。一見すると見た目は可愛い生き物であろうが、モグラも食性は肉食。或いは雑食。

ここにきて、車サイズのモグラが出ました、などとなれば問題は深刻になるだろう。モグラの餌はミミズというのが相場だが、自動車サイズのモグラであれば、人間をミミズの代わりに日替わりランチにしてもおかしくない。

人食い蜘蛛のセットメニューが、モグラの化け物。どこの怪獣映画かという話だ。

「おや？」

しばらく進んだところで、ペイスたちはあるものを見つける。

「凄いですね」

そこにあったのは、蜘蛛の糸らしきものでぐるぐる巻きにされている物体だった。

幾つか転がっているのは、恐らく蜘蛛の習性として、保存食代わりに置いていたのだろうと思われる。

「鹿《ガエン》が丸ごと餌になってますよ」

糸の塊の一つを、松明で焼き切る。

未確認物体の中からは、半分腐りかけた鹿が出てきた。

角からみて、牡鹿であろうが、立派な体躯から成獣だと思われる。どうみても蜘蛛が保存食にしていたとしか思えないのだが、鹿一頭を丸々餌にするとなればやはり脅威だ。

「こっちは狐《きつね》ですね。毛皮が一部分残ってるだけなので、多分としか言えませんが」

他の糸玉も焼き切って確認すれば、毛皮らしきものが出てきた。

毛皮のうち尻尾だけは綺麗に残っているので、辛うじて狐の仲間だろうと察しがつく。確信が持てないのは、大半が食われてしまっている為。

どうやらこの糸玉は、蜘蛛の食い残しであったらしい。

「この分だと、ずいぶんと人間も餌にしてきたんでしょうね」

「この森に入って、知らずにひと晩過ごせば、並みの兵士程度であれば餌ですね」

魔の森の、魔の森たる所以《ゆえん》。

モルテールンの鍛えられた精鋭であっても、音もなく奇襲され、更に被害を受けたことを思えば、並みの人間ならばこの蜘蛛だけでもただの餌にされていた可能性は高い。

付け加えて言うのであれば、これでもまだまだ森の外縁部。即ち、森の〝はずれ〟である。森の奥には大龍が居たことは確定しているので、蜘蛛と大龍以外にも生態系を構成している生物が存在するはず。

どんな化け物が居るのか。

バッチレーは、今からでも逃げ出したくなる気持ちが湧き上がってきた。

「俺、帰りたくなってきました」

「気持ちは理解しますが、まだ調査継続しますよ。ほら、次はそっちの奴を確認してください」

「ああ、もう。こうなりゃやけだ‼」

「やけっぱちにならずに、常に冷静に」

舐めていた。

魔の森といっても、所詮は森だろうと。

違うのだ。この森は、人や大型動物すら餌にしてしまう生き物が〝最底辺〟に居る、魔境なのだ。

バッチレーは、この場に人間としていることの脆弱《ぜいじゃく》さを、急激に自覚する。

「ペイストリー様、これを」

そこで、ふと気づく。

蜘蛛の餌の残骸《ざんがい》。

そこに残された〝糸〟は、引きちぎろうとしても全然ちぎれない、とても丈夫なものであることに。

お手柄

「素晴らしい!!　バッチレー、お手柄ですよ!!」

「え？　何がです？」

ペイスが、部下の発見を手放しで褒めたたえる。

しばらく何かごそごそと作業をしていたかと思えば、うんと一人で勝手に納得していた。

「閣下。少々よろしいですか」

「うむ？」

　ペイスが、筋肉隊長に話しかける。

「状況を教えてください」

「ふむ、ここは粗方《あらかた》捜索したが、やはり蜘蛛の巣であったことは間違いない。穴を掘ったのは、蜘蛛自身だと推定される。溜まっていた糞なども見つかったが、それから推測してもさほど多く蜘蛛が居る訳ではなさそうだ。恐らくだが、先の大蜘蛛がここの主であり、唯一の住人であったろうというのが、我々の見方だ」

「ありがとうございます。蜘蛛の大軍に襲われるようなことはなさそうで、安心しました」

「まだ、確定ではないからな。子蜘蛛でもいれば話はややこしくなる」

「それなりに確からしいと分かっただけでも成果です。ここの調査はこの辺で切り上げ、一旦広い所に皆を集めてもらえますか？」

「ん？」

　子爵は、ペイスの言葉には一瞬疑問を持ったものの、上位指揮権を持つペイスの指示には従う。

　国軍の部隊も含めて野営地付近まで一旦引き上げ、そこで隊員を整列させた。

　ペイスはペイスで、モルテールン領軍を集め、同じように整列させる。

　ひと通り全員が集まったところで、ペイスが演説を始めた。

「さて、勇士諸君」

　幼さの残る声は、後ろのほうまでよく届く。

ペイスの言葉に、付き従っていた者たちが耳を寄せた。

「早速、我々は有用な資源を発見しました。それがこれです‼」

ペイスが言う有用な資源とは何であるか。

今更言うまでもなく、蜘蛛の糸である。

大型の動物を包んでいたものも含めて、幾つもの糸玉を手にした。

鈍い光沢。銀色とも白色ともとれる色をしているそれは、一見するだけならば絹糸にも思える。

改めて日の下で見てみれば、ペイスが資源と呼んだのも頷けるもの。

誰が見ても高級品。パッと見るだけでも高そうである。

「蜘蛛の糸。これがどれほど有用かはまだ不明ですが、未知の素材であることは間違いない」

少なくともペイスの常識のなかには、今回の蜘蛛の糸と類似する繊維素材は存在しない。

そもそもペイスに常識があるのか怪しいというのはともかく、一般常識の範疇では存在しないのは間違いなかった。

「質問してもよろしいでしょうか」

モルテールンの従士が、挙手する。

「はいどうぞ」

「所詮は虫の糸ですよね？　それが有用な資源というのは本当でしょうか」

「信じられないと？」

「まあ、正直に言えば。虫ですよ？」

モルテールン家の上下関係は緩々《ユルユル》であることから、部下も割と上司に意見する。国軍ではこうはいかないが、下の人間がペイスにも自分の率直な意見を言えるだけの風通しのよさは、モルテールン領軍の美徳でもある。

「引っ張ってみた限りでは、相当に強靭な糸です。捕まえた獲物を逃がさないためのものだからだと思いますが、伸縮性も若干あるようですし、面白い素材であることは間違いない」

「はあ」

「納得がいっていないようですね」

ペイスが蜘蛛糸を有用なものだと考えるのは、強靭な繊維素材の持つ可能性を知っているから。柔らかいお菓子を切るような用途で糸が使われることもある。

部下とペイスの期待の差は、強く細い糸が社会の役に立つということを肌感覚で理解している人間と、そうでない人間の差なのだろう。

「では、ちょっと試してみましょうか」

「試す？」

少年指揮官は、蜘蛛の巣から巻きとった糸玉から糸を繰り出し、指に巻きつけ始める。

幾重か巻いたところで指を引き抜き、輪っかが重なったような糸のリングを作って縛り、更にそれを量産し始めた。

蜘蛛糸で作られた指輪が幾つもあるようなものだ。

一体何をするつもりなのかと、子爵やその部下たちも興味を持ち始める。

「またペイス様が変なことを始めたぞ」

「静かにしてろ。あの方がおかしなことをするのはいつものことだ」

国軍の兵士は無言のまま整列を崩さず、流石に精鋭である。

それに比べてモルテールン領軍は、ひそひそと会話をし始めた。

整列を崩している訳ではないのだが、ペイスの奇行が始まったことで、このままで良いのか戸惑いだしたのだ。

ある意味、薫陶《くんとう》が行き届いている成果なのだろうか。

これからペイスが何を言い出しても対応できるよう、気を張っているのはモルテールン領軍のほうである。

「モルテールン卿、一体何をしようというのか？」

「閣下、もうしばらくお待ちください」

三十ほどの指輪もどきができたあたりで、今度はその輪っかを繋《つな》ぐようにして輪を作り始めた。

全部の輪っかを繋いでいる感じだろうか。見た感じでは、変わった布を織っているようにも見える。

国軍に長く勤め、武器や防具に詳しい子爵は、それがなんであるかを察する。正確には、何を作ろうとしているのかを察した。

鎖鎧《チェインメイル》だ。鎖帷子《くさりかたびら》とも呼ばれるもの。

本来ならば、金属製の輪っかを繋げ、鎧の下などに着込む防具だ。

総金属製の鎧より軽く、それでいて一定の防御能力や通気性を持つことから重宝される、補助防具として極めて優秀な装備だ。

中には、これだけを防具として戦いに挑む騎士も居る。

ペイスが輪っかを繋げている様子は、チェインメイルの補修作業などでもよく見た光景。見慣れたものであったため、子爵だけでなく国軍の兵士たちも少しざわつき始める。

「なるほど、面白い」

子爵などは、ペイスの発想に感嘆した。無駄にポージングをしながら、少年のやろうとしていることに感心もする。

軍人としてキャリアを積み、領地経営はあまり得手ではない人間にとって、未知のものから即座に有用な使い方を思いつく発想などは自分には全くないもの。

素直に驚く。

「さて、こんなもので良いでしょう」

鎖をある程度繋いで大きめのハンカチ程度のサイズで鎖帷子を用意したペイス。

帷子というよりは、その切れ端というほうが適切だろうか。

「ちょっと待ってくださいね」

ペイスは、更にその帷子の切れ端をもって、訳の分からない行動をとる。

森の木の枝の一本を、剣で斬りつけたうえで折った。

更に枝打ちのようなこともやり、人間の腕サイズの薪らしきものが出来上がる。

「さて、それでは適当に、誰か剣で斬りつけてみてください」

ペイスは、土を盛り上げたところに枝ぶりが腕っぽい木を立てかけ、蜘蛛糸製の鎖帷子もどきを張りつけた。

帷子が固定されている高さは、丁度人が帷子をつけている辺りになる。

「では自分が」

斬りつけてみろという指示に対し、折角ならばとバッツィエン子爵の部下が進みでる。

剣の腕前では大隊の中でもトップクラス。一、二を争うような凄腕の騎士である。騎士爵の爵位まで持っていて、腕一本で地位を守っている生粋の戦士。

剣ならば自分の出番とばかりに自薦で歩み出て、そのまま承認された。

すうはあと、深呼吸して呼吸を整える騎士。

「はっ!!」

鋭い一閃が、斜めに振り下ろされる。

国軍の精鋭たる騎士のひと振りだ。誰が見ても文句なく素晴らしいといえる一撃。

空を切るびゅうという音と共に、がつんと木を叩く音がした。

そう、木を〝叩く〟音である。

「おお!!」

「切れてない。凄い!!」

ペイスが、その場で即興でこしらえたものが、鍛えられた騎士の剣を防いだ。

勿論、衝撃そのものは受けているようで、鎖鎧の下の木は折れたし、盛った土もえぐれた。

しかし、その様はどう見てもハンマーで殴ったような痕跡である。

これが防具であったなら、打撲や骨折はあったとしても、切り傷は防げたに違いない。

人間はトカゲでもイモリでもないので、仮に腕なりを切られたなら、それはもう一生取り返しがつかない傷になる。腕を繋げるのは、それこそ魔法でもなければ無理な世界だ。

だが、骨折や打撲ならば、まだ治る可能性がある。

勿論、程度によるだろうが、それでも切創や裂傷に比べれば〝取り返しがつく〟可能性は高い。

つまり、防具として効果的だということ。

「どうです？　斬りにくい素材という意味だけでも、十分に価値があるとは思いませんか？」

ペイスのひと言に、皆は確かにと頷いた。

ここに居るのは全員が軍人だ。いざとなれば防具を着込み、戦いに赴く者ばかり。

目の前の結果を、自分の身に置き換えることは至極当然だ。

従来の金属製よりも軽い鎧下というものの価値を、一番よく知っている者たちでもある。

「モルテールン卿、これはもしかして、凄いものを手に入れてしまったのではないか？」

バッツィエン子爵の顔色は明るい。

魔の森の探索を命じられた人間として、探索しましたが手ぶらで帰ってきましたなどというのは悲しすぎると思っていたのだ。

それが、蓋を開けてみればどうだろう。早々に、軍事的にも明らかに価値があるだろうものを〝発見〟した。

これは、間違いなく手柄である。王に報告すれば、褒美の一つも貰えるかもしれない。

軍事作戦として、最早今回の任務は成功が確約されたに等しい。

「確かに、凄いものでした。しかし、よく考えてもらいたい。ここは、魔の森でも浅い場所。こんなところでさえ、有用な資源が存在した。この森の奥。更には崖の向こうにも、まだまだ未知が存在するでしょう。きっと、蜘蛛糸と同じか、或いはそれ以上の発見もあるはずです」

続くペイスの言葉に、男たちはいっせいに目を輝かせる。

未知。

何とも危険で甘い誘惑だ。

今の今まで、未知というのは恐怖であった。

魔の森の危険性を散々に聞かされ、実際に足を踏み入れてみれば負傷者も出る。まかり間違えば、死者続出であったろう。

それを思えば、これから先に未知が待ち受けると聞き、思い浮かぶのは恐怖だった。

だがしかし、ペイスの見せたものは、希望である。

未知を開拓することで、大きな利益、大いなる賞賛、誇るべき成果と輝かしい未来が待っているのだ。

士気は、否応なく上がる。

「閣下、昨晩は夜が明け、兵の疲労が回復してから行動を決めるとしていましたね」

「うむ」

「こんないいものを見つけた以上、崖の先も見てみたくないですか？」

「同感だ」

先々のことを考えれば、ここでおしまいなどというのは余りに勿体ない。

「それでは、崖の攻略に行きましょう」

総指揮官の檄に、大きな叫び声をあげて応える戦士たち。

これから自分たちが、偉大な功績を挙げるのだという確信の雄たけびだ。

いざゆかん、魔の森の奥地へ。

人の往来を跳ね返すが如く聳《そび》え立つ険しい崖を登る一行。

そこで、更なる発見がペイスたちを待ち受ける。

「これは!!」

崖を登った先には、なだらかな下り斜面一面に巨大な草が密集していた。

それも、〝ペイスが知っている植物〟が巨大化しているように思えた。

狂態

ペイスは、狂喜していた。乱舞していた。狂乱していた。欣喜雀躍《きんきじゃくやく》していた。

常日頃からおかしいおかしいと言われる異端児ではあるが、今この瞬間は更に輪をかけて変人といえる。

アクセル全開の変人だ。フルスロットルストレンジャー。満漢全席奇人大全である。

「凄い!!　これは!!　うひゃあああ!!　うひょううう!!」

地面から浮いているのではないかと思えるほどに、飛び跳ねまくっている。

傍から見ている限り、異常事態としか思えない。

どう見てもまともな行動ではなく、これほどに奇妙な行動をするペイスを見るのが初めての人間にとっては、警戒に値する。

「あれ、どうしたんだ？」

「分からん。だが、警戒しろ!!」

「モルテールン卿がおかしい。何かの異常事態だ。警戒！　警戒!!」

バッツィエン子爵などは、部下に対して警戒態勢を命じた。

ペイスのあまりにも可笑《おか》しな挙動が、不安を煽ったからだ。

魔の森である。何があるか分からない、未知の土地である。

人よりも大きな蜘蛛が居たのだ。人の頭をおかしくさせる〝何か〟があっても不思議はない。

世の中には、興奮作用や鎮静作用のある植物だって存在している。中には麻薬としての成分を持つ植物もあるのだ。

例えば、有名なところでいえば芥子《けし》。実から採れる樹液が、悪名高き阿片の原料になり、そのまま摂取してもそれなりの効果が見られる麻薬だ。

それ以外にも、例えばチョコレートには興奮作用があったり、コーヒーに含まれるカフェインに覚醒作用があったりと、体に何らかの作用を及ぼす自然の産物は類例に事欠かない。

より効果の強力な植物があり、うっかりモルテールン家の御曹司《おんぞうし》の口に入ったのかもしれない。

或いは、何かの毒にやられたのかもしれない。

医学というものが現代ほどに発展していない世界であっても、人間をおかしくさせる毒の存在は幾つも知られている。幻覚を見せる毒であったり、人に耐えがたい苦しみを与える毒というものもあり、国軍の大隊長としてその手の危険な薬物についての知識もバッツィエン子爵は持っていた。長い歴史を持つ教会などには、その手の危険な薬物の知識も存在しているとも聞く。目の前のペイスの奇行は、それかもしれない。

或いは、寄生虫。

虫の中には、他の生き物を操るような寄生虫も居ると聞く。かたつむりを操って鳥に食わせようとする虫であったり、カマキリを操って水辺に近づけさせる虫も居る。

魔の森に人間を錯乱させるような虫が居たとして、何の不思議があろうか。知らないうちに、ペイスが寄生されている可能性は、ゼロではない。

できれば、目に見える脅威であってほしいと、バッツィエン子爵は警戒を強めたままペイスの様子を伺う。

「素晴らしい、実に素晴らしい!!　最高です!!　ひゃっはああ!!」

ビバ、スイーツ!!

と、ペイスが叫んだ辺りで、ようやく暴走機関車の奇態が収まった。

はあはあと息を荒げ、両手を広げたまま天を仰いでいるのはおかしなことではあるが、狂態と呼べるものはとりあえず収まったらしい。

「モルテールン卿……その、大丈夫かな？」

頭は、という言葉を呑み込んだ国軍の大隊長。

「え？」

自分の狂態を客観的に見られていないペイスは、バッツィエン子爵から心配そうに聞かれて、不思議そうな顔をする。

暴れていた当人は、バッツィエン子爵が何をそんなに不安そうにしているのかが理解できていないのだが、この場合はバッツィエン子爵のほうがより常識的だろう。

悲しいのは、モルテールンの領軍の指揮官たちは、既に平静を取り戻している点。

彼らは、お菓子馬鹿の変人的行動には免疫を有している。

ペイスの狂態など、モルテールンで普通に過ごしていれば、日常茶飯事とまではいかずとも、年に何度かは目撃するのだ。

お菓子が絡めば行動のタガが外れるのが、モルテールン家の御曹司である。

「どうも、普通の様子とは思えなかったのだが」

「そうですね。落ち着いていられない」

どうにも話がかみ合っていないが、ペイスはスッと真顔に戻る。

キリリとした顔つきで、部下たちに向き合った。

「総員!!　この辺り一帯を捜索します!!」

「何です?」

いきなり、何を言い出すのかと不審そうな部下たち。

先ほどのおかしな行動が原因だろうとは分かっていても、あれだけのことをしでかしてすぐ、突然の命令であれば戸惑いもする。

「これは、僕の知っている植物かもしれないのです」

「はぁ?」

「お宝かもしれないと言っているのですよ」

「お宝!?」

ペイスが発したお宝という言葉に、色めき立つのはモルテールン領軍の兵士たち。

彼らの多くは、元傭兵。金の為に戦い、金の為に命を懸けるのが傭兵という職業。つまり、金目のものには目のない人種もまた、傭兵というものの一側面だ。

また、元平民や下層民の兵士もいる。彼らは大なり小なり金に苦労した経験を持ち、安定した収入を求めてモルテールン家の常備軍に雇われているのだ。お宝と聞いて大金を手にした自分を想像してしまうぐらいは許容範囲だろう。

明らかに目の色が変わる兵士たち。

一方、国軍部隊の連中はそれほどでもない。

規律正しく軍紀を律する彼らは、元より金の為には戦っていない。いや、勿論給料はきちんともらっているし、金があれば嬉しいのは事実。しかし、そんな即物的なものだけで高い士気と練度を維持できるものでもない。

国軍の騎士を支えるのは、使命感と誇りだ。

自分たちがこの国を守るのだという使命感と、国中から選りすぐられて集められた最精鋭であるという誇り。自負。

総じて金以外の部分が、国軍のプライドを支えている。

ペイスがお宝と言ったところで、浅ましく喜ぶような精神構造をしていない。実際は多少なりとも欲心が刺激されているのだろうが、それを表に出して喜ぶような真似はみっともないという理性が働いていた。

「皆にも、命じます。周辺の捜索に当たりなさい。特に、植物分布については詳細な報告を後ほど求めます。決して見逃さないよう。サンプルの採取、地形の調査なども忘れずに行うように」

命令とあれば仕方ない。

班ごとに分かれ、四方に散らばっていく兵士たち。

お互いに見える距離を保ったまま、捜索というよりは訳も分からず移動している状態に近しい。

唯一、ペイスだけは目的意識をもって行動する。

崖の上にあった〝植物〟の一つを、熱心に調査し始めたのだ。

「やはり」

ある程度じっくり観察したところで、ペイスは一つの確信を抱く。

最早顔には喜色が溢れている。溢れすぎて喜色を通り越して気色が悪い。

むふふ、むふふふと、堪えきれない笑いが漏れていた。

「これは〝バニラ〟ですよ‼」

うひょう、とばかりに飛び跳ね始めるペイス。そしてまた踊り出した。

狂乱再びとばかりに、喜びを全身を使ったダンスで表現し始める菓子狂い。

バニラ。

言わずと知れた、お菓子の材料の一つ。華尼拉《バニラ》とも書かれるこの植物は、ラテン語で扁平な葉っぱという意味を持つ。平べったい葉という意味だ。

ラン科バニラ属に分類される常緑の蔓性植物であり、香辛料の一種とされることもある。

この植物の特徴は、まずなんといっても香りだ。

バニラの種子を発酵・乾燥させて加工したものは、かなり強い香りを出す。非常に甘い香りであり、一連の加工はキュアリングとも呼ばれる。

サツマイモなどでもキュアリングと呼ばれる加工は一般的だが、保存性、貯蔵性を高めるために行われることも多い。バニラの場合は、主として香りを高める催香《さいこう》を目的とする。

加工して香りが強くなったバニラの種子は、バニラ・ビーンズと呼ばれることでも有名。

メジャーな使い道としては、アイスやケーキに使われる。特に、アイスクリームとバニラの関係性は深い。

アイスクリームは非常に冷たくした氷菓に属するスイーツであるが、水分を冷凍させるぐらいに加工してしまうと、水分の蒸発や含有成分の揮発は起きにくい。大抵の物質は、温度が高いほど盛んに揮発や蒸発するものだからだ。

つまり、蜂蜜や砂糖といった甘いものを入れても、甘い匂いがあまりしなくなるということ。冷たければ冷たいほど、本当は甘いものでも甘い匂いがしづらくなるのだ。

そこで、香料として甘い匂いを発するものを加える訳だが、バニラはその点で優秀な香料。変に癖があるわけでなく、他のフレーバーを余り邪魔せず、ただ甘い匂いを発する。

「そんなに喜ぶものですか?」

「勿論ですよバッチ。あなたは、陛下からの勅命《ちょくめい》を覚えていませんか?」

「勅命? あのお菓子を作れと言われた?」

「そうです。海外からの要人を持《も》て成《な》し、我が国の国威を発揚《はつよう》するために見たこともないスイーツを作れと言われた、素晴らしい勅命です」

「……素晴らしい?」

テンションアゲアゲのペイスは妙なことを口走っているが、今まで見たこともないものを作れと命じられるのは、普通は無理難題と考える。

画期的な発明をすぐにしろ、と命じられるようなものであり、一般的な常識からいえば無茶ぶりの範疇に含まれるだろう。

少なくとも、バッチレーなどは自分がそんな命令をされたなら、無理だと答えるはずだと思っている。

何がどう素晴らしいと思えるのか。全く理解できない思考回路ではあるが、ペイスが目下錯乱中なのは明らかなので、自分ぐらいは冷静になっておこうとバッチは内心で思う。

「あの時作ったスイーツは忘れていないでしょう?」

「勿論。アイスクリームですよね」

「そう、アイスクリームです!!」

夏場の暑い時期に、冷たい氷のようなお菓子を出す。

これこそ、ペイスの披露した功績の一つだった。

高い山に囲まれたモルテールン領の立地を活かし、山の上から万年氷を採取し、お菓子作りを行った。

遠慮斟酌《しんしゃく》なく、国の金で存分にお菓子研究に勤しめたという点で、ペイスとしては大満足の仕事だったわけだが、出来上がったスイーツそのものは完全に満足できたものとはいえなかった。

やはり、味はともかく香りが弱かったのだ。

「このバニラがあれば、あのアイスクリームの美味しさが一段階アップしますよ!!」

「おお、それは凄いですね」

あの美味しかったスイーツが、更に美味しくなる。

国王の命で作ったという箔に加えて味も良いとなれば、これからも作る機会は増えるかもしれない。

それはつまり、製法を独占しているモルテールン家に、更なる富が増えるということだ。

バニラをお宝と呼んだペイスの意見に、ようやく納得する従士たち。

「さあ、他にもお宝がないか、しっかり調べましょう」

「はい!!」

皆、明るく返事をする。やはり、仕事に成果がついてくるとなればやりがいもあるものだ。

一様にやる気を見せる兵士たち。

だがしかし、ことは平穏に終わらない。

狂喜乱舞するペイスの耳に、低い羽音が響いて来た。

それぐらいで

「魔獣です!!　例の蜂の奴です!!　いっぱいいます!!」

バッチレーの報告は、かなり切迫感を持っていた。

それも当然だろう。例の蜂についての情報は、従士たちに徹底して教えられているのだから。時に大人でも殺されてしまう狼を、軽くあしらって餌にする。一匹でも並の人間では歯が立たないのに群れで行動するし、仲間を呼ぶ。更に、空を飛び、魔法を使って襲ってくる。

こんなもの、遭遇すれば逃げ一択だ。

バッチレーの慌てた態度も当たり前であろう。

「素晴らしい!! 日頃の行いが良いからですね!!」

対してペイスの態度は、かなり緊迫感を失っていた。

満面の笑みで、いや、打算を込めた腹黒い笑みで、報告を歓迎する。

「なんで喜んでるんですか!!」

バッチレーの指摘は至極もっともだ。

熊のように大きな蜂。モルテールン領では記憶も新しい、魔法を使う蜂だ。

油断していたわけではないのに、あわや死にかけた同僚も居る。実際に、つい最近被害者が出ているのだ。

決して、侮っていい相手ではない。

「蜂が居るということは、またあの〝蜂蜜〟が手に入るということじゃあないですか」

「今は蜂蜜とか言ってる場合じゃないでしょう。ぎゃあぁあ!! こっち来た!!」

「落ち着きなさい。いついかなる時も冷静にと教わったでしょう。一旦深呼吸でもして気持ちを穏やかに」

「そ、そうは言っても!!」

巨大な蜂、というのはただでさえ遠近感が狂う。

本来なら親指よりも小さい生き物が、人の体躯を大幅に超えて襲ってくるのだ。

ペイスの見るところまだ遠いが、距離感が狂っているうえに冷静さを喪失した部下たちは浮足立っている。

ここで逃げ腰にならないだけ訓練が行き届いているのだろうが、ここは統率を取り戻すべきだとペイスは判断する。

「皆、落ち着きなさい」

よく通る少年の声が、兵士たちの間に浸透する。

「確かに、巨大な蜂というのは恐ろしい相手であり、油断できない敵です」

浮足立つ兵士たちは、油断している訳ではない。むしろ、油断と対極にいるからこその動揺なのだが、ペイスはあえて油断という言葉を使った。

自分が気を引き締めているとはっきり分かる言葉だから。

「だが、まだ遠い。落ち着いて防衛体制を取るように。槍は崖下ですので、剣を構えるように。守備にのみ専念すればいい。先ずは落ち着きなさい」

具体的な行動を指示されたことで、いつもの気持ちを取り戻した兵士たち。

連合部隊は、それぞれに密集して剣を構え始める。

蜂への対抗の為の、ハリネズミ模様だ。

動きはスムーズであり、何度となく訓練で叩き込まれた基本の隊形の一つ。本来なら槍を構えて行う、密集戦術である。

「守りだけでは不安。そう考えている者も居るようですね」

ぶうんぶうんと、気色の悪い、恐ろしい重低音が響いてきている。蜂が近づくにつれて音は大きくなり、腹の内側までが揺れている気分にさせられる不気味な雰囲気。

初めて蜂の魔物と相対する国軍兵士たちなどは、落ち着きを取り戻したとはいえ総じて不安も持っている。

兵士たちの顔色から揺れる気持ちを受け取ったペイスが、更に安心させるように言葉を続けた。

「しかし、ここには僕が居ます。バッツィエン子爵が居ます」

急に指名された子爵であったが、そこは国軍の隊長。

兵士たちから視線を浴びることなど日常茶飯事。ごく自然に兵士たちからの注目を集め、そのまま右腕だけを持ち上げて上腕筋をアピールして見せた。

「皆、横を見なさい」

言われて横を見る兵士たち。

右を見る者も居れば、左を見る者も居る。

きょろきょろとする男たちの集団。

「横に居るのは、誰ですか?」

密集した兵士が横を向けば。

そこに居るのは勿論兵士だ。

「そう、仲間です。頼れる戦友です。皆、我々は一人で敵と戦うのではありません。戦友と共に戦うのです。みんなの力を一つに合わせれば、どんな敵でも倒せます。たとえ大龍であろうと恐るるに足らず!!」

ペイスの言葉は、何よりも兵士たちに落ち着きを与えた。

彼らは思い出したのだ。

自分たちの指揮官が、英雄であることを。

龍の守り人の称号を持つ、稀代《きだい》の魔法使いであることを。

「ましてや、大龍が味方に居る今、如何なる敵でも相手になりません。ここには最強の守護者が居るのです!!」

「きゅう!!　きゅう!!」

自分のことを言われたと分かったのだろう。

金属光沢の生き物が、空を飛びながら存在をアピールし始める。

我こそは偉大なる空の王者、栄えある最強の大龍であると言わんばかりに嬉しそうに鳴いてみせた。

この悪食大蜥蜴《あくじきおおとかげ》もどきを手懐《てなず》けているのは、若き天才。

「ピー助、いきますよ」

「きゅい」

密集の陣形から進み出たのは、ペイスとそのペット。

そのままずんずんと歩み、近づいてくる敵に向かっていく。

「むむ、モルテールン卿が出るというなら、我々が出ない訳にはいかぬな。逃げるは筋肉の恥だ!!」

脳筋一族である子爵も、恐れて引くのは筋肉の恥という摩訶不思議でよく分からない理屈から奮い立った。

考えてはいけない。こんなものはフィーリングである。理屈ではなく感情と思い込みで納得するべき力技だ。

しかし、大隊長の吶喊《とっかん》を止めたのもペイスだった。

ちょっとした車ぐらいはありそうな大きな熊だ。いやさ蜂だ。筋肉を鍛えていようと、天然の甲《こう》殻《かく》に敵《かな》うはずもない。

今、強大な魔物に対抗する手段を持つのは、子爵ではないのだ。

「閣下、お下がりください」

「むむ、しかし」

「あいつらには必勝法があります。上官として命じます。下がりなさい」

断固としたペイスの態度。ここは、自分が出るべき場面であると譲ることはない。

一瞬の間があってのち、大隊長もペイスの命令を受諾する。

「あい分かった。しかし、気をつけられよ」

「勿論です」

軍人の素直さというのか、脳筋の単純さというのか。

ペイスが上位統率者として命令を出すと、国軍部隊は見事な統率で一気に後退する。そのまま崖を降りそうな勢いである。

「さあ、いきますよ相棒」

「きゅうぃぴぃ!!」

ペイスのかけた言葉が分かったのか分からなかったのか。

妙に張り切りだした大龍が、思い切り火を噴きだした。

ごう、という音と共に紅蓮《ぐれん》の熱波が地上を舐める。

「何と!!」

初見であれば、或いは何度見ても、犬ほどの大きさの大龍から、ごうごうと火が噴き出る様は圧巻である。

世界に不思議は数あれど、大龍が火を吐き続けるほどの不思議《ファンタジー》はなかなかない。

蜂の魔物は、僅かな間に討伐されていく。

「おっと、ピー助、その辺で良いです」

「きゅう」

もう少しで完全に討伐できる、というところでペイスがピー助を止めた。

素直な大龍は、最後に小さくぽっと火を吐いて大人しくなる。

「なんで、大龍を止めたんですか?」

部下の疑問はもっともだ。

このままやらせれば、全滅させることもできただろう。部隊の安全確保を思えば、そのほうが良かったのではないか。

誰しもが思う疑問だろう。

「……バニラの為です」

ペイスは、一切ぶれることなくお菓子の為だと言い切った。

正しくは、バニラと思しき植物の為である。

「バニラ?」

「ええ」

バニラは、ペイスにとっても非常に馴染み深い植物。

より正確に言えば、バニラの種子を乾燥させたバニラビーンズに馴染みがあるのは既に承知のこと。

しかし、このバニラという植物。種子の加工品が製菓原料として、香料として使われているという事実以外にも、もう一つ大きな特徴があった。

実は蜜蜂にとって、バニラはとても好ましい蜜源植物でもあるのだ。

そもそも、甘い匂いというものが何の為にあるのか。自然界では、多くの場合は繁殖と生存の為である。

虫に花粉を媒介させるために甘い匂いを発する植物。蜜を出して蝶などの昆虫を誘う植物。甘い匂いを出す植物というのは、珍しい話ではない。

バニラらしき植物と、蜜を集めていると確定したばかりの蜂。この組み合わせから、ペイスの優れたお菓子用頭脳が答えを導き出したのだ。

お菓子にのみ働く、スーパー勘ピュータである。

「恐らく、このどでかいバニラらしきものは、蜂の蜜源の一つと思われます」

「はあ」

お菓子のこととなると天才的な働きをするペイスの頭脳。

暴走する癖があるのが、ほんのちょっとした欠点であるが、優秀であることは間違いない。

「貴方は、あの蜂の蜂蜜を食べたことがありますか？」

「いいえ」

「あれは、とても素晴らしいものでした。推測でしかありませんが、その秘密がこのバニラである可能性は無視できない」

バッチレーは、残念ながら前回の蜂討伐での戦利品を賞味する機会はなかった。

従士長などは試食と銘打って蜂蜜入りのアイスクリームを遠慮なく食べたらしいのだが、新人の悲哀というものだろう。

「秘密を暴くまで、できるだけありのままで保護したい」

「そんなことを言っても」

「今後とも継続して採取できるなら、有用な資源です。これは決定ですよ」

飽くなき欲求。

バニラの香りはスイーツの発展である。

「それに」

ペイスは、部下のほうを見やる。

「空飛ぶ魔獣が居ることが確定した以上、空からの偵察も難しそうです」

「そうですね」

モルテールン家には【転写】の魔法があり、他人の魔法もコピーできる。

最上位のトップシークレットであるが、ペイスが【転写】した魔法の中には鳥を操るものもある。

空撮による偵察でもできれば最高だったのだが、空を飛び回る外敵が居るとなれば、扱いは慎重になるだろう。

「今、蜂を全滅させてしまえば、今後は空からどんな敵が襲ってくるかもしれません。それなら、対処法が既に確立されている敵に、空を抑えてもらっていたほうが良い。違いますか？」

「はあ、何となく分かります」

「今回の探索は、崖の下に安全地帯を作り、今後の活動の拠点とすることまでですね。それで一旦戻りましょう」

連合軍は、ひとまず一時退避を選択した。

蜂の襲撃で何人か怪我人が出ているというのもあるし、先に進むと蜂の本体が居るであろうことが明らかだったからだ。

「それでは、一旦昨夜の宿営地まで移動を」

「はい。行軍準備!!」

一斉に、動き出す兵士たち。

探索はとりあえず一旦お預け。

若干、勿体なさそうに未練を見せていたペイスであるが、やるべきことはやる。

崖を降りてもペイスの仕事は終わらない。

「では……転写!!」

ペイスは、転写と口にしながら【掘削】の魔法を使う。

崖を掘る為だ。

目下、空からの敵と、森の中からの敵が確認された。人を食う凶悪な敵だ。

この敵から身を守れる安全地帯を作るなら、敵がいないであろう〝崖の中〟に拠点を作るのが良い。

そう、指揮官たちは結論づけた。

岩の崖を簡単に掘れる魔法があってこその、力技だ。

環境整備は、重要なこと。急がば回れ。

一週間ほどをかけて、崖を使った簡易な住居と、掘り進めて発生した瓦礫《がれき》を使っての簡易な壁が出来上がる。むしろ一週間で防衛環境が整ってしまったことこそ異常ともいえる。

壁の周囲に堀を掘って、排水を整備すれば一応は形になった。

難攻不落とは言えないまでも、多少の魔獣であれば群れで来ても一般の兵士で対処可能な拠点。

砦ともいうべきものが整備されていく間、魔法を使えない人間も遊んでいたわけではない。

手の空いた兵士たちによって、周囲の探索や道路の整備も進められる。

広範囲に草を刈り、通行の邪魔になりそうな木々を伐採し、伐った木はそのまま建築資材にされる。

勿論、魔法使いを装っているモルテールン家の従士たちが、魔法の飴を使ってだ。

「最低限の居住空間と、防衛設備はできましたね」

「はぁ魔法って凄いんですね」

「これで、橋頭保《きょうとうほ》は確保できた。一旦、報告と調整の為に、ザースデンに戻りますか」

それなりに整備が済み、周辺の探索と目ぼしい脅威の排除が済んだところで、ペイスたちは一旦街に引き返すこととなった。

ザースデン帰還

「坊、お帰りなせえ」

「はい、ただいま戻りました」

ザースデンに引き返した一行は、しばしの休息をとる。

またすぐに態勢を整えて、準備をしっかりやり直した上で再度出なければならないが、それはそれとしてペイスは屋敷に戻ってきていた。

ちなみに、バッチレーをはじめとする遠征部隊の目ぼしい指揮官は、ザースデンで事後処理に追われている。

今回の偵察で改めて足りないものも見えてきたため、補給の体制や後方支援の準備をやり直しているのだ。

特に問題となるのは、崖の先。

一般的な森であれば、時間をかけて人力で木々を倒して下草を刈れば、それなりに道ができる。

ごつごつと転がる岩や石を除けば、馬車を使った補給路も構築できるだろう。

当初は、補給路の構築も先のとおり可能であり、容易にとまではいかずとも、時間の問題だと思われていた。

しかし、崖があったことで話が変わってくる。ロッククライミングをしなければならないような場所の先に進もうと思えば、大規模な補給は通常の手段では難しい。馬車が使えないからだ。

例えば水だけでも、樽に入った何十キロ、何百キロのものを、崖の上にどうやって運ぶのかという話である。

まさか、背負って崖登りという訳にもいくまい。人力で運ぶのには、どうしたって限界がある。

それ相応に崖の上の安全確保を行うことや、崖の上に物を引き上げる為の滑車など、新たに見えてきた課題は多い。

「で、どうだったんで?」

「どうもこうも。色々とトラブルがありましたよ。一筋縄ではいきませんね」

「そうですかい。ご苦労なこって。話はあとで聞かせてもらうとして……坊、今すぐこいつをお願いします」

帰ってきた次期領主を出迎えたのは、仕事を抱えた従士長シイツ。

早速とばかりにペイスを捕まえ、急ぎの仕事を三つばかり押しつけた。

「なんで帰って早々……」

「坊の仕事なんですから、早くしてくだせえ。それが終わらねえと他の仕事が進まねえんです。それが終われば、こっちのを。あと、これとこれ」

変更が必要な計画の承認。至急援助してほしいと頼まれた他家への災害援助。そして隣国で起きたお家騒動。

どれもペイスが急いで判断しないと、後続の仕事が詰まる状況だった。

「仕事が溜まるのが早すぎませんか？」

「誰のせいだか。坊、自業自得ってやつですぜ」

「反論できないのが悲しいですね」

目下、モルテールン領は拡大の一方。

経済規模、人口、インフラ、全てが拡大中だ。

人が増えることで領内の生産能力が上がり、消費が増える。

消費が増えれば経済活動の規模も増える。

経済活動の規模が増えれば、必要なインフラ整備の規模も増える。

インフラ整備が進めば、人口が増える。

終わりなき拡大のスパイラル。増大の螺旋《らせん》である。

このエンドレスな状態を作った根本の原因。それは、ペイスである。

なかなか領地経営が上手くいかず、人口もなかなか増えなかったモルテールン領を、根っこの部分から作り変えてしまった立役者が、他ならぬペイスなのだから。

自分で忙しくしておいて、忙しいとボヤく。本末転倒も甚だしい。

当人はお菓子作りの為にもっと落ち着いた状態が良いと言っているのだから、実に滑稽である。

「もっとも、止めるつもりもありませんが」

「少しは抑えても良いでしょうに」

「僕の夢の為には、まだまだ足りませんよ」

「欲張りなこって」

ペイスの夢は、最高のスイーツを作ること。

その為に、お菓子を好きなだけ作れる領地を築き上げねばならない。

目指すはお菓子の国。

改めて気合の入ったところで、領主代行は猛然と仕事に取りかかりだした。

「じゃあ、次はこれで……」

「予算を増額しましょう。倍の予算ならしばらくいけます」

「んじゃあ決済っと。まだまだあります。次はこいつで」

「……却下ですね。今はこんなことをしている暇はない。何ですか教会誘致と教会建設の為に人と金を出せとは。来たいなら止めませんし、教会を作りたいなら場所も用意しますが、うちが労力をかける必要性を認めません」

「良いんですね？」

「無論です。これでガタガタ言ってきたら、布教禁止も辞さないです。信教の自由は認めても、圧力団体を作る気はありません」

「分かりました。じゃあ次はこいつで……」

ペイスは、仕事の山をどんどんと片付けていく。判断の速さは軍人教育の賜物《たまもの》かもしれない。

「これが、溜まってるもんの最後で」

「エンツェンスベルガー辺境伯の使者が来訪？　許可します。何の用事かは分かりませんが、拒否する者でもないでしょう」

「うっし、お疲れさんです」

ひと通り、ペイスのサインが済んだところで、ようやくひと息つく。

「それで、どうでした？」

何を、とは聞かない。

国軍が領内に居る今、何処に耳があるか分かったものではないからだ。

国の組織が、秘密の多いモルテールン家の懐《ふところ》で動くのだ。王宮の陰謀家たちが策謀し、モルテールン領内やモルテールン家の内部を探る密命を帯びた人間が紛れ込んでいたとして、何の不思議があろうか。

また、そうでなくとも国軍まで動く事態は目立つ。スパイについて、特に厳しく取り締まっている訳ではないモルテールン領内であれば、改めて耳目《じもく》を集めていることだろう。

スパイの増員もされているに違いない。

「トラブルはあったので一旦引き返しましたが、総じて順調です。とりあえず、体制はおおよそできそうです」

ペイスは、シイツの質問に答える。

「国軍は、今後モルテールン領軍やその友軍の護衛、また駐屯地の警備が任務となります。公式な上層部の承認と命令や、必要な手続きも終えたので、これからしばらくは地道なルーチーンワークになりますよ」

「国の部隊を顎で使うたあ、坊もいいご身分で」

「使えるものは使う。当たり前のことですよ」

改めて再編する遠征部隊では、魔の森の探索はモルテールン領軍が主体で行うことになるだろう。魔獣の対処には魔法が最も効果的であり、モルテールン領軍のほうが国軍に比べて〝魔法使いの数と質〟が何故か圧倒的に上なのだから。

今回の偵察部隊で作った前線拠点の防衛や補給の確保を国軍が行い、後方の安全が確保されたところで、探索自体はモルテールン領軍、具体的にはペイス主体で行う。

ピー助も含めて、少数精鋭による探索が新しい行動指針となる。

「そうそう、ちょうどいい機会なので、若手に経験を積ませる為に領軍の指揮を任せることにしました」

「そりゃそりゃ」

モルテールン家の〝嘆願〟から貸し出された国軍。

状況が変わってレンタル料が別途請求されることになったとしても、使えるのなら何であろうと使うのがペイスの流儀。

利用できるなら、何でも利用すべきである。

バッチレーにモルテールン領軍の指揮を預けたのも、その一環。

国軍の精鋭部隊が護衛を兼ねて一緒に行動してくれる状況。実戦そのものの中で、比較的安全に経験を積めるというのだ。後進の指導教材としては実に優秀である。

国軍部隊も、まさか自分たちがモルテールン家の人材育成の肥やしになるとは考えていまい。普通は国軍の協力となれば、最前線で使うものだからだ。

「いやあ……それにしても、魔の森は流石に手強い」

「ほほう」

魔の森について、実際に体験した内容を語るペイス。

「馬より大きな、肉食の蜘蛛が居たり、人間を食うぐらいの大きな蜂が居たり。そして、それらが恐らく生態系の最下層なんですよ」

「よくもまあ、森の外に出てこねえで」

「推測になりますが、森の外にはあの巨体を維持するだけの食糧がないのでしょう。たまに外に出てくるのも居たかもしれませんが、森の外の環境は、森の住民にとって満足に生息できる環境ではないのでしょうね。長い年月で、森の外に出るものが淘汰されてきたのかも」

「そんなもんですかい」

今まで森の外に出てこないなら、それなりに理由があるはず。

推測は幾らでもできるが、確定させるのは研究者のフィールドワークに任せるのが最善だろうか。

少なくとも、森の外周部の調査はそれなりにできた。

「外周部には、普通の動物も生息していましたし、まともな植物もありました」

「ふむ」

「ある程度奥に行くと、そこからガラリと様子が変わっていました。普通の森と、いわゆる魔の森と呼ばれる、森の〝本体〟との境なのでしょうね」

「外から見てる分には分からねえですね」

「ええ」

今まで、皆が魔の森と呼んでいた森。

恐らく、これは二重構造になっている。

本当の魔の森ともいうべき深層の森と、その森を忌避していたがため勝手に出来上がった普通の自然環境と。

ペイスたちが今後調べるべきは、勿論深層である。

「それで、成果は？」

「上々です。これを」

情報だけでも成果ではあるが、求められているものはもっと別のもの。

ペイスも、シイツが何を言いたいのかは分かる。

すっと、戦利品を取り出す。

「これは？」

「まず、蜘蛛の糸。夜に襲われて返り討ちにしたのですが、その巣にはこんな糸がありました。粘着性の糸は手出しできませんでしたが、それ以外の部分を巻き取って持って帰ってきました」

「使えそうですかい？」

「分かりませんね。研究所に研究を投げるつもりでいます。これが売れるものであれば、新たな産業になるかも」

「産業にするにゃあ物騒《ぶっそう》でしょうよ。命がけになる」

「それゆえの、拠点ですよ」

目下、魔の森に見つけた崖をくりぬき、拠点化を進めている。

上手くいけば、魔の森の開拓について足掛かりとなるだろう。

「それに、これ」

「これは……豆ですかい？」

「ええ。僕の予想では、これはお菓子作りの大きな材料になるはずです」

「へえへえ」

ペイスがシイツに見せたのは、言わずもがなお菓子の原料。バニラである。

それも、現代では見かけないような巨大なバニラの種子だ。

「魔の森で育っていたものを持ち帰ってきましたから、うちの畑で育つかを試そうと思っています」

「誰がやるんで？」

「スラヴォミール……は、忙しいですか？」

「あいつなら、年中忙しいでしょうよ。相手にしてるのが生き物ですぜ？」

「それもそうですね。やはり、これも研究所行きですか」

魔の森の外でバニラが育てられるかどうか。それ次第で、バニラの価値も変わってくる。

今後の研究は必須課題である。ペイスにとっては。

「研究所の人員も増やさにゃならんでしょうよ」

「……農業系に強い研究者を、引き抜きますか」

「あんまり派手にやると、他の貴族や、下手すりゃ王家に恨まれますぜ？」

「やらないよりマシですね。一応、王家にはお伺いをたてて、必要ならば研究成果の上納も視野に入れましょう。自分の懐が痛まず、成果だけ貰えるというなら交渉の余地はあるでしょう」

「技術を独占しないんで？」

「この件に関しては、大本の種は魔の森。成果を出せたとて、結局は最重要な種子をうちが独占できます。むしろ、需要を高めるほうがお得でしょう」

「その辺の判断は信頼してますんで」

ペイスの情勢判断の確かさは、父親のカセロールや従士長のシイツも信頼を置くもの。

「さて……魔の森の懸案はある程度片がついたとして」

「他に、急ぎの話がありますかい？」

急ぎの要件は片付けたはずだが、と首をかしげる従士長。

「社交を差配せよ、と父様からの命令がありますよ」

「ああ、それがあったか」

開拓とは別の意味で厄介な事案。

従士長のハードワークは続くのだった。

三者三様

「あなた、少しいいかしら」

「勿論だよリオ」

ブリオシュ＝サルグレット＝ミル＝レーテシュ伯。

三児の母にして神王国南部で最も勢位を誇る伯爵家の当主。年齢は非公開（最重要機密指定）であり、金に飽かせて美貌を維持する才女である。

そしてその夫が、セルジャン＝ミル＝レーテシュ。

ペイストリーのお膳立ての元、お見合い結婚で夫婦となった二人であったが、夫婦仲は割と良好である。

仕事上のビジネスパートナーという一面もある為、お互いが良好に関係を保つ努力をしてきているともいえるのだが。

ともすると妻のほうが上位として夫を尻に敷いているようにも見える一方、気を抜いたところでは意外と夫に甘える一面もある、とは伯爵家のトップシークレットだ。

「モルテールン家から招待状が来たわ」

執務室で悠然としながらも、夫に手紙を見せる女伯爵。

夫に手渡した羊皮紙には、丁寧な字で社交辞令と共に招待の内容が書いてあった。

「ほう、珍しいな。あの家が人を招待するなんて」

「そうね。あそこはただでさえ招待されることが多いものね」

今まで、レーテシュ家がモルテールン家の人間を招待することは多々あった。モルテールン家を取り込みたい側がレーテシュ家であり、取り込まれないよう距離を置きたがったのがモルテールン家なのだからそれも当然だろうか。

両家とも、敵対は愚策と理解しているし、関係性を良好にしておくメリットを知悉《ちしつ》しており、この認識に齟齬《そご》はない。

しかし、だからこそあえてモルテールン家がレーテシュ伯を呼びつけるというのが気にかかる。

「それで、開催場所がモルテールン領なのに、集合場所が王都なのよ」

「ほう、意味深だな」

領地貴族というのは、基本的に領地の運営が仕事の大半を占める。

それ故、大抵の場合は自分たちの領地に客を呼んで社交会を開く。

社交というのも貴族の仕事ではあるが、領地の運営がある以上は長期間留守にするはずもないし、そもそも移動するのも大変に手間がかかる。

大阪や名古屋、或いは博多や仙台や札幌に住んでいる人間が、友達と遊びに行くのにわざわざ東京で集まって遊ぶようなものだろう。

絶対にないとまではいわないが、珍しいことであるのは確か。

誘われるほうも誘われるほうで、ご近所に出向くのとはわけが違う。

「王都まで行くとなると、予定の調整も大変になるのではないか？」

セルジャンの疑問は尤もである。

レーテシュ伯は伯爵領のトップ。セルジャンとて、レーテシュ家の入り婿として軍を指揮することもある立場。

どちらも領政にとっては重要人物であり、そう簡単に留守にすることもできない立場だ。

夫の言葉に頷きつつ、レーテシュ伯は言葉を繋ぐ。

「ええ。でも、流石はモルテールン家といったところかしら」

「ん？」

「魔法で送り迎えをしてくれるそうよ。うちにはもう隠す必要がないからかしら。あの銀髪の坊やが父親の魔法を借りて送り迎えをしてくれるらしいわ」

「至れり尽くせりだな」

王都までの往復を、モルテールン家で請け負うという内容での招待。

今まで秘密にしてきた「モルテールン子爵の魔法が血縁者に貸せる」という情報を、隠さなくなったということである。

恐らく、魔法の汎用化技術を隠すために、囮《おとり》としてあからさまに目立つ〝秘密〟を用意したいのだろうと伯爵は推測する。

「勿論送り迎えの順番もあるから、当日直前に行って日帰りという訳にはいかないみたいだけど」

「それは仕方ないだろうな」

どれほど魔法が反則的でも、魔法使いの体が一つである以上は限界もある。

形式ばった招待状を送ってくるぐらいなのだから、招待客がレーテシュ家だけということもないだろう。

モルテールン家は、王家にも独自の伝手《つて》を持つ外交上手の家。ならば、他にも高位貴族が招待されていると見るべき。

レーテシュ伯家にだけかかり切りにはなれないだろうから、行って帰っての日帰りは難しいと理解もできる。

「だが、一泊や二泊で王都まで行って帰ってこられるのは大きい」

「そうね」

モルテールン家からの誘い。

珍しく先方から誘ってきたのだから、断るというのは勿体ない。

第一、こうもあからさまに誘うのは、ただ単に親しく交流しようというような話ではないはずだ。

「きっと、何か思惑が隠れているはずよね」

「だろうな。しかし、どんな思惑があるのか」

じっと、思考の海に沈むセルジャン。

モルテールン家は、言わずもがな、油断できない相手である。気を抜けばいつ落とし穴に落とされるか分からない怖さがあった。

レーテシュ家の人間として、またモルテールン家の人間をよく知る立場として、どういう策謀が張り巡らされているのか。可能性を検討しておくのも務めと、知恵を絞る。

「考えても無駄よ」

「何？」

だが、そんな夫の努力を、無駄と切って捨てる妻。

「あの坊やがやってきたことを考えても御覧なさいな」

「うん？」

「今見えているものだけで、どれだけ予想を立てたところで、いきなり全く別のところから信じられないような手札を取り出してくる相手よ？　そもそもまともに相手をしていては駄目よ」

レーテシュ伯の言う言葉は、端的にペイスを表現していた。

例えばポーカーや麻雀をしている時、こちらが一生懸命に手を読み合い、駆け引きをしていたところで、いつの間にか全然違うところから、完璧に揃えた手役を取り出すような相手だ。

早い話が、反則である。

まともに通商交渉をしているところで、いきなり大龍をぶっ倒してくるような相手であり、自分たちが無価値と思っていた豆に破格の付加価値を後付けしてくる相手。まともに組み合っては馬鹿を見る。

「しかし、最低限の準備はしておかねば……」

「行ってみて、その場で出たとこ勝負しかないわよ。全く、この私が即興劇《アドリブ》だなんて、誰かに代わってもらいたいわね」

「君の代わりは、誰にもできないさ」

レーテシュ夫妻の心配事は、いつまでもなくならないものであった。

◇◇◇◇◇

「婿殿の所から招待状が来たよ」

「あら、珍しい」

フバーレク辺境伯は、妻に手紙が来たことを伝えていた。

婿殿とは、勿論ペイスのこと。

モルテールン家からの招待状を、妻に手渡す。

「確かに珍しいな。もしかしたら、初めてか？」

「私は、義妹《リコリス》から招待されたわよ？」

「ああ、そうだったか。それでも珍しい」

「確かに、そうね」

今までモルテールン家に招待状を貰ったことはある。

モルテールン家の嫁として、リコリスが社交を取り仕切った時などがそれだ。

緊張でいっぱいになりながらも、いじらしく務めを果たそうとする義妹の姿を思い出せば、頬も緩んでしまいそうになる。

「行き帰りは心配無用とのことだから、折角ならお前も王都に行ってみるか？」

「良いのかしら」

招待状には、王都での集合に際してと、帰りの足について、心配ご無用とあった。

モルテールン家が送り迎えをするというのなら、それは魔法を使ってのことだろう。

相変わらず便利なものだと、辺境伯は感心する。

恐らくそうやって有効性をアピールするのが狙いなのだろうが、凄いものは凄い。

更に、王都で集合というのも都合がいい。

「勿論だとも。ペトラやリコリス以外にも、王都で会いたい者も多いだろう？」

「そうね、久しぶりに皆に会ってみたいわ」

フバーレク家は東部辺境を守るのが役目。

昨今の戦争によって大きく東部地域が拡大し、かつてのような完全な最前線という訳ではなくなったものの、それでもサイリ王国と対峙して神王国を守るという役目に変化があったわけでもない。

必然、王都に行く機会も限られる。

フバーレク伯の妻も貴族の生まれであり、高貴な身分として王都に、或いは神王国各地に知り合いは多い。

中には幼少期より面識を持っていて、仲の良かった友達や親戚も居る。

嫁いでからは疎遠になってしまった者と、王都に出向いた機会に会えるというのなら喜ばしいことだ。

「リコリスからも、手紙があったよ」

「そう。元気にしているのかしら」

「ああ。最近はずいぶんとお菓子作りが上達したと書いてあった」

「まあ」

おほほ、と夫人は笑う。

モルテールン家の嫁として、実に真っ当に成長している様子が伺えたからだ。

彼女も、フバーレク家に嫁いでからというもの、随分と馬の扱いや飼育に関して詳しくなった。乗馬などもかなり上達したという自負がある。

それもこれも、フバーレク家が馬に関して国内でもトップの技術を誇る、家業であるからだ。軍馬の生産と飼育によって財を成し、もって辺境を守る力としているのがフバーレク家。嫁いだからには、馬に無知では居られない。

リコリスとて同じだ。

近年製菓業で財を成し、隆盛著しいモルテールン家。ここに嫁いだ以上は、お菓子作りに詳しくなるのに得こそあれ、損はない。

お菓子作りが上達したというのであれば、順調に家に馴染んでいるということだろう。

「会えるのが、楽しみだな」

フバーレク伯は、妹の手紙を大切にしまい込んだ。

◇◇◇◇◇

「ジョゼ、招待状が来ましたよ」

「あら？　どこからかしら」

「君の御実家です」

ウランタの言葉に、ジョゼは片眉をあげる。

「うちの？　場所はザースデン？」

モルテールン家が社交に誘ってくるというのは、別に変なことではない。

ボンビーノ家とモルテールン家は家同士も仲が良いし、共に戦った戦友同士であるし、次期当主のペイスと、現役当主のウランタは年も同じで親交も篤《あつ》い。

それでも無条件に良かったねとならないのが、ジョゼの賢さなのだろう。

「いえ、王都だそうです」

「……何かあるのかしら？」

「さあ」

じっと考え込む若夫婦。

この二人に共通することがあるとするなら、モルテールン家で最も警戒すべき人間をはっきり認識していいるという点。

「嫌な予感しかしないわね。父様が考えた？　いえ、多分ペイスね」

「そうなのですか？」

「父様なら、私にも手紙の一つぐらい添えて招待状を送ってくるはずよ。招待状だけなら、家同士のこと。それで領地貴族のうちを王都に呼びつけるなんて、おかしいもの。うちの実家で変なことがあると、ペイスが元凶って相場は決まってるの」

「なるほど、そんなものですか」

ジョゼの推理は、半分勘のようなものである。

しかし、外しているはずがないと、何故か確信が持てるのだ。

「全く……ペイスったら、何を考えているのかしら」

三者三様の思惑のなか、モルテールン家主催の社交会が開催される。

社交界

モルテールン家主催の社交会。

王都の別邸は然程広くないため、別に場所を移動しての開催になる。

集合場所である別邸は、馬車だけがどんどん溜まっている状態だ。

日頃は社交を開くこともないモルテールン家のご招待とあって、他の社交では目にすることのない貴族も集まっている。

遠方からも、近郊からも、距離の別なく集まる社交会など、王家主催でもなければ普通はあり得ない。

会場の一角。

入口を入って右手のエリア。

遠慮がちに立っていた人物に対して、主催者が歩み寄った。

「フレージェル騎士爵、ご無沙汰しております」

「モルテールン閣下、この度はご招待いただきありがとうございます」

モルテールン子爵カセロールは、晩餐会の主催者として参加者に声をかけて回っている。

日頃は厳しい顔で部下を叱咤して訓練に励んでいる鬼教官だが、今日は穏やかな笑顔を浮かべた好人物の顔をしていた。

もう若くもない年なのだが、日頃から訓練も積んでいるだけに精悍《せいかん》な印象を受ける。

「子爵閣下ともあろうお人が、私のようなものにお声がけくださるとは感激です」

「何をおっしゃる。卿とは共に戦った仲。戦友ではないですか。遠慮は水臭いというものです」

「嬉しいことを言ってくださいますな。ははは」

フレージェル騎士爵は、初老の男性。

頭のほうはずいぶんと寂しい感じになってしまっているが、体つきは今でも鍛えられた体躯である。

特に領地を持たないが軍に所属しており、中央軍の北方部隊、俗に北軍だの北方軍だのと呼ばれる部隊に所属している軍人だ。最下級とはいえ貴族号を持っていることから分かるように、普段は中間管理職として一般の兵士たちの部隊をまとめている。

北方は、オース公国を緩衝《かんしょう》国として大国と向き合っている土地柄。油断をすれば、いつでも敵国の大軍が雪崩《なだ》れ込んでくるということ。

実際、過去に何度か小競り合いは起きているし、先の大戦の折にはかなり神王国の奥深くまで攻め入られてもいる。

毎日が臨戦態勢のような場所だ。部隊長として兵を率いるフレージェル騎士爵も普段は北から動くこともない。というより、お偉いさんはともかく下っ端の管理職など、雑用込みでなかなか任地を離れられるものではないのだ。

これが男爵位以上の爵位を持っているようならば、格式からいってもそれなりに社交会に呼ばれることもあるのだろうが、騎士爵位は貴族といっても名ばかりだ。呼んでくれるのもお義理で数合わせというのが多い。

その点、今回の社交は違う。

フレージェル騎士爵はカセロールとは二十年来の親交があり、かつてモルテールン家が騎士爵であった頃からの付き合いである。

傭兵紛いにあちこちの戦いに雇われていたカセロールは、騎士の一人として戦うフレージェル騎士と意気投合し、お互いに友誼を交わした仲。

近々息子に爵位を譲って引退するつもりであり、引き継ぎを進めて多少は自由に動けるようになったということでカセロールが招待したのだ。

こういった、モルテールン家ならではの人脈を広げ、親交を深められるからこそ、社交会を主催する意義がある。

カセロールがモルテールン家主催の、それも王都での社交会を開催するのは、偏《ひとえ》に彼のような人物と久闊《きゅうかつ》を叙したいからだ。モルテールン家主催の社交における、メインゲストといっても良いだろう。

「それにしても、少し会わない間に、モルテールン卿は子爵閣下になられた。随分と出世されたものだ」

「それもこれも、運が良かったのでしょうな」

「運だけでは功を上げられぬというのは、我々もよく知っております。前に一緒に戦った時は、アテオスとトラバルアの連合軍相手でしたか？」

「もう十五、六年は前のことですな」

「そんなになりますか。早いものだ。あの時は爵位も同じであったのに、いやはや」

昔馴染みと久方ぶりに会って、酒も入ったとなれば昔話に花が咲くもの。

今でこそカセロールのほうが立場としては相当に上になったが、フレージェル騎士爵が隊を指揮してカセロールと共に戦った時などは、フレージェル騎士爵のほうが立場的に上だった。

北方の大国三カ国のうちの二つが手を結び、オース公国を迂回するようにして攻めてきたことがある。大戦の傷も色濃く残り、戦後の体制改革を行っている最中のことだった。

当時から北方で戦っていた先代のエンツェンスベルガー辺境伯は、裏をかかれて劣勢に立たされる。フレージェル騎士爵も王領防衛の為に居たが、状況的にはかなり拙い事態に陥ったことをよく覚えている。

そこに援軍としてやってきたうちの一人が、カセロール。シイツを供として、数人だけでやってきていた。

こんな少人数で何ができるのかと最初は侮っていたフレージェル騎士爵であったが、魔法を使って獅子奮迅《ししふんじん》の活躍を見せるモルテールン家の面々に、態度を正して協力体制を築いたのだ。

まだ、カセロールもフレージェル騎士爵も若かったころの話である。

「そういえば、モルテールン家は大龍も討伐したそうではないですか。北の辺境に居りましたから噂でしか話は聞いていませんが、カセロール殿も隊を率いて戦ったとか。モルテールン卿の武勇は留まるところを知らぬと感動したものです。ぜひとも共に戦いたかった」

「はは、あれは国軍として命令を受けただけのこと。それに、大龍を倒したのは私ではありませんよ」

魔の森よりまろび出た化け物は、四方八方に甚大な被害をもたらした。

直接的には言うに及ばず、間接的にも魔の森の住民を追い立てることで被害を与えている。

具体的には害獣たちだ。

一度に、そして大量に現れた森の害獣。中には大型の獣や肉食の獣もいた。

一般人ではとても対処できず、おまけに弱小の領地貴族の中にはそのまま軍を全滅させた家まであったのだ。

対処するために国軍は動くべしと命令があり、動いた部隊の一つがカセロールの率いる第二大隊であった。

「おや？　モルテールン家が大龍を倒したと聞いていたので、てっきり卿の功績かと思っていましたが」

「倒したのは確かに当家のものではありますが、私ではありません。息子です。不肖の息子ながら、一計をもって大龍を討伐せしめたのです」

元凶であった大龍を倒したのは息子であると、父親は自慢する。

カセロールにとって、息子が手柄を立てたのは誇らしいことなのだ。親馬鹿の面目躍如。

誇張はしていないにもかかわらず、まるで作り話のように大げさな話となる龍討伐の物語。

「なんと、それは素晴らしい。なるほどなるほど、王都で聞く『龍の守り人』というのは、御身の御子息であったか」

かかかか、楽しげに笑うフレージェル騎士爵。

久しぶりの邂逅《かいこう》に、会話は実に盛り上がる。

そんなモルテールン子爵とは少し離れた場所。

社交の場の中心から、やや離れた場所に一人の少年。いや、青年が立っていた。

参加者のうち、その青年を目ざとく見つけた者が声をかける。

「ボンビーノ子爵、挨拶させていただいても良いかな」

「これは、フバーレク辺境伯。お声がけいただき恐縮です」

モルテールン家を介して集まった人々。

そこは、普段はあまり接点のない人との出会いの場でもある。

ボンビーノ子爵ウランタと、フバーレク辺境伯の邂逅もまたそのうちの一つ。

南部閥であり海上にお役目を持つボンビーノ家と、東部閥領袖《りょうしゅう》であり、陸の国境護持を役目とするフバーレク家は、意外と接点に乏しいのだ。

勿論、全くの初対面という訳でもないし、フバーレク伯がボンビーノ子爵を訪ねたこともある。

だが、どちらかといえば社交を主催する側であることの多い両者。

王家主催でもないのに、こうして気楽な参加者としての立場で会話を交わすのもいつ以来のことか。

少なくとも、フバーレク伯が爵位を継いでからはなかったはずだ。

「卿の活躍の噂は聞いている。ここ最近はボンビーノ子爵家の名を頻繁に耳にするな」

「お耳汚しでなければ良いのですが」

お互いに社交辞令を含ませながら、雑談に興じる。

「ははは、ご謙遜を。モルテールン家のペイストリー殿と並んで、ウランタ殿の盛名は聞こえてきておりますよ」

「ペイストリー殿と比較されるほどのことは成しておりませんが、並べていただけるのは光栄なことです」

「やはり、モルテールン家からの奥方が心の支えになっているのかな」

「それは勿論」

ボンビーノ家とフバーレク家は、モルテールン家を介して遠い親戚だ。

ウランタにとってみれば、妻の弟の奥さんの兄がフバーレク伯。縁故として近しいとは言い難いかもしれないが、全くの無関係とも言い難い。

疎遠な親戚という奴だろう。

「そうそう、実はジョゼが懐妊しまして」

さらりと、爆弾発言をするウランタ。

「ほほう、それはおめでたい。無事に生まれてくることを神と精霊に祈るとしましょう」

「ありがとうございます」

フバーレク辺境伯は、笑顔で会話を続ける。

勿論、情報網を整備しているフバーレク伯家であるからして、南部閥でも有力であるボンビーノ家の細君が妊娠したことなどは既に摑んでいた。

今日この場で声をかけたのも、ボンビーノ子爵夫人ジョゼフィーネの懐妊を知っていたからというのもある。

だからこそ、次にかける言葉も事前に検討済み。

「生まれてくる子が男の子であれば……」

もしも、の話である。

生まれてくる子供を、誕生前に性別判断することはできない。神王国の今の医療技術では。

魔法の使い方の研究が盛んな聖国などには、魔法で生まれてくる子供の診断をする技術もあるのだが、神王国では出生前に性別を判定することはない。

あくまでも、ｉｆの話。仮定の話である。

「うちの娘と婚約しないか？」

「え？　はあ……」

まだ生まれてもいない子供の婚約相手を決める。

フバーレク伯には、子供が居る。それも息子と娘のどちらも。

お家存続の観点から男子を軽々に外に出すことはできないが、娘であればいずれ誰かに嫁がせることになる。

ならば、ボンビーノ家に嫁入りというのは実にメリットが大きい。

ぜひ前向きにと交渉し始め、ウランタもそれなりに心を動かされつつある。

その時だった。

「あら、聞き捨てなりませんわね」

フバーレク伯の会話に割り込んできたのは、長身の女性。

神王国にその人ありと謳われた、レーテシュ女伯爵であった。

保留

「ボンビーノ卿にできる御子が男児であったなら、ぜひとも当家の娘を婚約者としていただきたいと思っておりましてよ」

「ふむ、レーテシュ伯ともあろうお人が、いきなり会話に割り込むとは、少々品がないのではありませんか?」

「あら、東部の重鎮たるフバーレク伯が、当家を通さずに南部の貴族へ声をかけるのは、品があるのかしら」

　レーテシュ伯が、フバーレク伯とボンビーノ子爵との間に割り込む。

　会話の内容が、今後生まれてくるであろうボンビーノ家の子供についてだったからだ。

　しかも、最初っから喧嘩腰。威圧感バリバリである。

　やりあう二人の会話を翻訳するなら、「黙ってうちのナワバリ荒らしてんじゃねえぞコラ!!」「あぁ、こっちでナシつける時に出しゃばってくんじゃねえボケ!!」である。

　貴族的に優雅に振る舞っているように見えても、やっていることはただの喧嘩。言葉を使った殴り合いであり、社交の仮面を被ったメンチのきり合いである。

「我々は、共に王に仕える貴族同士。親睦を深めるのに、レーテシュ伯の許可など必要なかったと思うのだが？」

「辺境伯とも思えないご意見ね。フバーレク家は、いつから伝統と常識を無視されるようになったのかしら」

おほほほ、あははと、互いに顔は笑っているが、目だけは笑っていない。

社交の場で舌戦が繰り広げられることは別に珍しいことではないのだが、こうもあからさまに高位貴族同士がやり合うことは珍しい。

レーテシュ伯が指摘したとおり、そもそも貴族の外交というのは根回しが重要。普通の常識ならば。何の事前情報も与えていない相手に、いきなり面と向かって要求をぶつけたところで、そもそも交渉にならないことも多いからだ。

考えてもみてほしい。決断一つで、領地や家の浮沈が決まるのが貴族の当主同士の交渉というもの。今突然にセールスマンがやってきて、絶対お得だから買いましょうと、何百万もする車を売っていたとして、どういう反応をするだろうか。普通は、どれだけいい条件に思えたとしても、ちょっと考えさせてください、となるのではないだろうか。

フバーレク伯のように、ほぼ出会い頭に要求をストレートにぶつけるのはなかなかあり得ない話だ。

しかし、フバーレク伯にはフバーレク伯の思惑というものがある。

彼が言うように、そもそも貴族同士の社交の場でどんな会話を交わそうと、それは会話を交わしたもの同士の責任。第三者には関係のないことだ。

立場が上の人間にはいきなり話しかけてはいけないという、不文律もある。

辺境伯に対して、伯爵が声をかけてくるのは、いささか品がない。

例え、レーテシュ伯が声をかけたのはボンビーノ子爵に対してだった、などと言い訳ができる状況だったとしても、はしたないと眉を顰められる行為であるのは間違いないのだ。

また、フバーレク家には婚姻外交について、一つの成功体験がある。

それが、ペイスとリコリスの婚約。

これなどは、カドレチェク公爵家とフバーレク家の婚約披露の場にて、半ば強引に話をまとめている。

モルテールン家とフバーレク家の婚姻外交がどれほどフバーレク家にとってプラスであったか。

これを成功と言わずして、何を成功と呼ぶのかという話だ。

先代の素晴らしい成功体験をなぞり、いきなり婚姻の話をゴリゴリ進めようとしたフバーレク伯の考え方は、フバーレク家だけを見ればそれ相応に道理の通った考え方になる。

つまり、レーテシュ伯もフバーレク伯も、自分は別に間違ったことを言っていないと確信している。

喧嘩腰になるのも当然といえば当然。

たまらないのは、挟まれる形になったウランタだ。

何とか場を和ませようと会話に口を挟む。

「そういえば、レーテシュ家には姫君が居ましたね」

あからさまな話題転換ではあったが、話の流れとしては不自然ではない。

ボンビーノ家の子供の話から、レーテシュ家の子供の話につなげた格好。

「流石はボンビーノ卿ね。よくご存じだわ」

「私でなくとも、今更でしょう。レーテシュ家の三姉妹がとても愛らしいとの噂は、神王国貴族の誰もが知るところです」

レーテシュ家の娘は三人姉妹。

それも、三つ子である。

難産の末に魔法の力も借りて生まれた子供であり、レーテシュ伯にとっては目に入れても痛くないほどに可愛い我が子。

自分の結婚に大層な苦労があった分、娘にはそんな苦労はさせたくないという親心を持っており、他の貴族と比しても少々タガが外れていると感じるほどの真剣さで、娘の伴侶を探している。

勿論、まだ幼児といえる娘だ。既に成人しているような相手は流石に年が離れすぎている。

かといって、年齢の釣り合う相手となれば、当然同じような年頃。つまり、幼児だ。

まだ言葉もまともに喋れないうちから、人品や品格の良し悪しが分かるはずもない。

年齢一桁で才能を感じさせる働きをするような子供など、余程の天才児か、或いは頭のおかしい菓子職人かのどちらか。

普通は、婚約者を決めるというのには早すぎる年齢である。

「あら、噂ではありませんのよ」

「噂ではない？」

「事実ですの。うちの子たちは皆、とても愛らしいですもの。おほほほ」

レーテシュ伯は、胸を張る。そして、自分の娘を自慢する。

これは、ただの親馬鹿なのかといえば、そうではない。モルテールン家のカセロールなどは天然の親馬鹿であるが、レーテシュ伯のそれは計算尽くの親馬鹿だ。

そもそも、情報伝達が一部の例外を除いて口伝が主流の社会では、人の噂ほど重要な情報源はない。

そして、貴族社会では結婚相手を決めるというのはお家の一大決心でもある。

どの家も、できるだけ良い相手を結婚相手として探してきて、最良の選択をしようと模索するもの。婚姻政策を決める時にも、やはり噂というものは気にしてしまう。

あそこの娘は器量よしで評判だそうだ、どこそこの息子は見どころのある若者だ、誰それの娘は癇《かん》癪《しゃく》もちで性格がキツいらしい、何がしの息子はどうしようもない放蕩《ほうとう》息子だそうだ、といった具合だ。

また、実際に当人を深く理解していない限りは、噂話というものも馬鹿にならない。誰だって最良を選ぼうとしているのだから、悪い噂のある相手をわざわざ選ぶかという話である。

レーテシュ伯は、娘を売り込まねばならない。婚姻外交については現当主のトラウマがあるだけに、危機感は人一倍だ。万が一〝売れ残った〟場合の辛さは、誰よりもレーテシュ伯が知っている。

絶対に、自分と同じ思いはさせない。親としての決意は固い。

ならば、意識して娘たちの〝良い噂〟を振りまく必要がある。

誰彼構わず息子や娘を自慢していたカセロールとは、ここが違う。相手を選んで、内容もしっかり吟味《ぎんみ》して自慢しているのだ。

「そうですか。愛らしいというのなら、きっと伯に似たのでしょうね」

「おほほほ、そういっていただけるのは親として嬉しいですわ。それに、三者三様に個性が出てきていますの。顔立ちは三つ子ですからよく似ているのですけど、三人の誰とも性格が合わないということはないはずでしてよ」

「なるほど」

レーテシュ伯の売り込みは露骨《ろこつ》である。

ボンビーノ家は、形式上は政略結婚でモルテールン家から嫁を貰っているわけだが、内実は限りなく恋愛結婚に近い。レーテシュ伯は、勿論その情報を確定させている。然程力を入れて情報収集するまでもなく、ウランタがジョゼにベタ惚れだったことは明らかだったのだから。

つまり、ボンビーノ家当主は恋愛結婚賛成派と見るべきだ。

また、ボンビーノ子爵夫人も、モルテールン家の出身。あそこの家は当代当主が駆け落ちで結婚している、貴族家の中の異端だ。夫人も恋愛結婚賛成派とみて良いだろう。

ボンビーノ家で新たに生まれてくる子供の結婚について、強く決定権を持つであろう両親が、揃って恋愛結婚賛成派。

政略的に最善を選ぶのではなく、惚れた相手が政略的に問題がなければ許可するスタイルと考えて間違いない。

レーテシュ伯は、自分の娘が三つ子である利点を最大限生かそうという戦略を取る。

三つ子といえども個性はあり、それぞれに性格が違う。それが事実かどうかは脇においても、納得しやすい理屈だろう。

だから、容姿に問題がないようであれば、三つ子のうちの誰かと恋愛に発展する可能性は高いという主張だ。

大人しい子が好みなのか、引っ張ってくれる子が好みなのか、愛嬌のある子が好みなのか。生まれてくる子供の好みは今から知る術《すべ》はない。しかし、たった一人との相性を心配することに比べれば、三人の誰かと相性が合えばいいと考えることのほうが遥かに良い。

単純に、確率の問題だ。

「今を時めくボンビーノ家の御嫡男ともなれば、寄ってくるものは多いでしょう。既に相手を決めてあると言い張れるのは御家にも損はないでしょう？　そのうえで、当家であれば御嫡男にとってより好ましい相手となる可能性が高いとは思いません？」

「確かに、ご尤もかと思います」

ウランタはまだ若い。

それに、恋愛については経験を積んでいるとも言い難い。

レーテシュ伯の説得に、心がぐらついたのは誰の目にも明らかだった。

流石の交渉上手である。

しかし、それに割って入ったのはフバーレク伯だ。

「少し待ってもらいたい」

「はい？」

このままではボンビーノ家を生まれてくる子供ごと囲い込まれてしまう。

フバーレク伯の危機感は高い。

「当家に見合う格式の家柄というのはさほど多くない。こうは言いたくはないが、レーテシュ家は伯爵家。辺境伯家である当家は上役であろうと思う。ここは一旦譲っていただきたい」

「爵位を盾にごり押しというのはいただけませんわ。それに、格式とおっしゃるのであればボンビーノ子爵家は伝統と格式を重んじる家柄。伝統からいっても、志を同じくして領地の安寧を守る者で結束するのが常道でしょう」

喧々囂々《けんけんがくがく》、言い合いを始めるレーテシュ伯とフバーレク伯。周囲の好奇の目は、嫌が応にも集まる。

いざ、決裂の果てに衝突かという雰囲気も漂い始める。

なかなか物騒な雰囲気になり始めた時。

角を突き合わせた高位貴族の間に割って入った者がいた。

「ご両者とも、ここは僕の顔を立てて、この話は後日にということにしていただけませんか？」

一触即発の雰囲気を収めたのは、モルテールン家の銀髪の若者だった。

悩みの種

「それで、一体何があった？」

ペイスとカセロールが、お互いに向き合って会話を交わす。

親子同士ののほほんとした会話ではない。貴族家当主とその代行としての、多分に実務的な話し合いだ。

議題は勿論、先に行われたモルテールン家主催の晩餐会《ばんさんかい》について。

晩餐会の社交自体は大変に和やかに行われ、参加した各家もそれぞれに満足して帰っている。

特に、振る舞われた食事に関しては、満足度が極めて高かったという報告が上がっていた。

何せ、料理の監修はペイスが行い、元レーテシュ家筆頭料理人であったファリエル総料理長が辣腕を振るったのだ。王家と比べても遜色のない料理を用意できたとペイスが自画自賛するほどであり、参加者は皆モルテールン家の実力の高さ、財力の豊かさを感じたことだろう。

総じて、社交の場としては開催大成功ではあったのだが、勿論問題もなかったわけではない。

目下、モルテールン家として悩んでいるのが、晩餐会で起きた些細な諍《いさか》いである。

「結論から言えば、フバーレク辺境伯とレーテシュ伯が、ボンビーノ家に生まれてくる子を取り合って喧嘩しました」

「……端的で分かりやすい説明、ご苦労」

「父様、頭痛薬要りますか？」

「いや、要らん」

じっと頭のこめかみ辺りを押さえるカセロール。

日頃から色々と頭の痛い問題を幾つも抱えている苦労人ではあるが、今回の問題は飛び切り。

日頃ならば頭痛の原因になりそうな息子が元凶でないのは救いだろうが、それで問題が解決に向かうわけでもない。

「まず、今回の社交会。当初の目的が十二分に果たせた点は評価すべきですよね」

「そうだな。事前に検討していたもののうち、主要な三つが果たせた意味は大きい」

モルテールン主催による大規模な社交会。

さしあたっての狙いは、大きく三つある。

一つは、ペイスの魔法の本当の能力を隠す狙い。

モルテールン家にとってというよりはペイスの秘密になるのだろうが、【転写】の魔法は他人の魔法でも自分のものにできる。

この事実が仮にバレてしまったなら。ペイスは、ほぼ全ての他家から大なり小なり敵視されることになる。最低でも危険視はされるだろう。

魔法というのはどんなものであっても、大きな利益に繋がる。魔法によってできることとできないこと、得手不得手があるのは間違いないが、普通の人間には不可能なことができるようになるという点では共通している。

そう、どんな魔法でもだ。

ひとたび魔法を授かったなら、使い方の難度や応用性はあるにせよ、一切なんの役にも立たないということは今までなかった。例外なく、何かしら利用価値は存在した。

ものによっては、国家にとっての切り札と言える力にすらなりえる。

カセロールの【瞬間移動】などはまさにジョーカーだ。

情報伝達にも、軍事行動にも、奇襲作戦にも、物資運搬にも、人員移動にも、或いは逃走にも便利な魔法。カセロールが神王国に与えた国益を計算するなら、金貨何十万枚分になるのか計り知れない。

たった一つの魔法でこれだ。一人で幾つでも魔法が使えるとなれば、これは最早歩く戦略兵器である。

モルテールン家以外からすれば、手段を問わずに物理的な排除を狙うに十分すぎる理由。

そこで、ペイスとカセロールは今回の社交でペイスの能力をカモフラージュすることを意図した。

魔法の飴の存在を国軍経由で秘密裏に流す一方で、欺瞞《ぎまん》情報としての魔法レンタル説を流したのだ。

仮にペイスが【転写】以外の魔法を使っていると知られたとしても、そこを探っていけば魔法の飴か魔法のレンタル説に行きつくということ。

これならば、モルテールン家が危険視されるのはともかく、ペイス個人が危険視される理由は薄くなる。

もう一つは、モルテールン家の財力と実力を喧伝《けんでん》すること。

先のとおり、ペイスを含めてモルテールン家の人間は周りから敵視されやすい状況にある。

だからこそ、敵視されたとしても手出しを戸惑う程度には〝恫喝《どうかつ》〟しておく必要があった。

モルテールン家の魔法で国中から人を呼べることを改めて見せつけ、豪華で美味しい食事を振舞ってお金持ちっぷりをアピールする。

モルテールン家に手を出すのは危険、と思わせる程度に、実力を見せびらかしておくのが目的だったのだ。

更にもう一つは、人脈の移譲。

カセロールは、長年の領主稼業と傭兵稼業で人脈を作った。国の至る所に戦友が居て、国家の中枢部にも知人が多い。

これは、モルテールン家として大きな財産だ。できることならばペイスに引き継がせたい。

カセロールがそう思うのも当然だ。

そこで、カセロールが〝これは〟と思った人物を集め、ペイスと顔を繋ぐようにした。

ペイスとしても、初対面の人たちとの挨拶巡りは意味があったと感じている。

日頃は遠くにいて、それでいてカセロールの為に動いてくれる者たち。ペイスにも同じように協力してくれるようになれば、それはそれは心強い。

モルテールン家が独自に動いて行う、独自の社交。そこに生まれるコネクションという財産。ペイスならば、十全に活用してみせるはずである。

これらの隠された目的は、全てクリアした。実績解除率百パーセント。完璧な社交会であったと、手配りしたペイスを褒めてもいい。

ただ、最後に唯一悩みの種が残ってしまった。

「そもそも、普段あまり顔を合わせないメンバーを集めるというのは、今回の目的の一つでした。人脈を繋ぐという意味でも必須ではありましたし、中央や南部の情報に疎い人々へ直接モルテールン経由の内情を教えるという意味もあります」

「そうだな」

「ただ……普段あまり顔を合わせない者同士であるからこそ、普段はあまり起こらないトラブルも起きたと」

「私の見込みが甘かった。ペイスには迷惑をかけてしまったことになるな」

「いえ。僕としても想定しておくべきリスクでした」

まさか、フバーレク伯とレーテシュ伯が、ボンビーノ家の子供を取り合って争うなど、どうして予想できただろうか。

ジョゼの子供というならば、カセロールにとっては孫。ペイスにとっては甥御や姪御になる。身内に甘いモルテールン家としては、どうしたって保護の対象として見てしまう。

このまま放置するという選択肢は、カセロールとペイスにはない。

「それで、今後はどう動く？」

カセロールの問いに、ペイスはしばらく考え込む。

「フバーレク伯とレーテシュ伯の諍いは、一旦は収まりました」

「ふむ」

諍いの当事者は、レーテシュ伯とフバーレク伯。そして、ボンビーノ子爵である。

事の発端は、ボンビーノ子爵夫人ジョゼフィーネに、懐妊の兆候があるという話を、ウランタが暴露したこと。

南部閥の中でも伝統派の筆頭格であり、海上権益においてはレーテシュ伯と海を二分するボンビーノ家。最近ではモルテールン家と深く繋がり、武勲においては海賊討伐や大龍討伐で名を馳せ、経済的にも極めて著しい発展の最中にある、実に勢いのある家だ。

誰もが認める実力派の貴族家に、嫡子ができる。

早速とばかりに動いたのが、件《くだん》の二家。レーテシュ家とフバーレク家だったという訳だ。

実に分かりやすい、貴族社会の政争である。


社交の主催者側として間に入ったペイスであったが、その場で解決するといえるほど簡単な問題ではない。

一旦、モルテールン家の顔を立てて問題を棚上げにしてもらう形で場を収めはしたものの、それで円満に済んだと言えるわけもない。

「ただ、根本的な解決には至らず、火種はくすぶり続けていています」

「よろしくないな」

「はい」

結局、ボンビーノ家に対して、どちらがより強く影響力を行使できるかという綱引きであり、政争なのだ。

軍事的な緊張から解放されたことで内政に注力し、外交政策も大幅にテコ入れしているフバーレク辺境伯と、南部地域を自家の庭と認識し、経済的にも深く繋がろうとしているレーテシュ伯爵家。

どちらも得られるものや、相手に取られたときの損失がデカすぎる訳で、下手な妥協はできまい。

「どう動くにしても、取り合うものが一つであるだけに、分割も妥協もしづらいのでは？」

「欲しいものが人間だからな」

仮に、トラブルの元になっているのが領地であったり経済権益であったなら。

ぶつかり合っているとしても、どこかで妥協できる可能性はある。

お互いに本気でぶつかり合うより、適当なところで譲歩し、利益を折半するという方法もなくはないのだ。

しかし、取り合うものがたった一人の人間となると話は別。

仲良く半分こにしましょう、などという訳にもいかない。

「しばらくは、様子見が良いのでは？　時間を稼げた訳ですから、妥協点を探ってみるほかないでしょう」

「ふむ」

「或いは……と思うこともありますが、今は下手に手を出すと危険です」

「お前の言うとおりだ。全く、どうしてこうなったのか」

自分の孫を、大貴族が取り合う。

十年前であれば想像もしていなかったことが現実に起きている。

カセロールとしては、フバーレク伯にもレーテシュ伯にも義理としがらみがあり、どちらかに一方的な肩入れなどできようはずもない。

「この件は、私も王宮で情報を集めてみようと思う」

「そうですね。まずは周りから動くのもいいと思うので、お願いします」

息子の応援に、カセロールは鷹揚《おうよう》に頷いた。

ペイス動く

晴天の一日。

風は穏やかで海も穏やか。絶好の航海日和の中、モルテールン家のペイストリーは、潮風の街ナイリエに来ていた。

ボンビーノ子爵領の領都であり、かつては六百人ほどまで減少していた人口もここ数年で万を伺う程に急増している。

子爵家の長い歴史を見て、かつての賑わいを取り戻すどころか、最盛期を迎えつつある昨今。ボンビーノ子爵領を訪れるものは多い。

本来であれば、子爵に面会を申し込んだとて、それが実現するまで何日も長逗留《ながとうりゅう》を余儀なくされるのが常なのだが、ことペイスに限っては別である。

ボンビーノ家にとって、そして子爵家当主ウランタにとって、誰よりも大きい恩があるのがペイスである。更に、ウランタの妻の実弟。最早、ウランタにとっては自分の兄弟にも等しい身内扱いなのがペイスである。

モルテールン家と親しくあることの実利もあり、ペイスからの面会申し込みは、最優先で処理される。

今日も今日とて、ペイスとウランタは笑顔で会合を持っていた。

「珍しいお茶ですね」

「舶来品です。最高級の品だということで手に入れたものですので、お口にあえば良いのですが」

「とても美味しいです。オレンジのような風味もありますね」

「言われてみると微かに。よくわかりますね」

「鼻と舌には、いささか自信があります」

ウランタは、応接室のソファーに腰掛けながらお茶を楽しむ。

ペイスが相手であれば、今更恰好をつけることもないので、堅苦しさはない。

「ジョゼ姉様の加減は如何ですか？」

「少し食欲が落ちているようではありますが、大事ありません。健康そのものと、医師からも報告を受けています」

せんだって知らされた重大事項。

ジョゼフィーネの懐妊。

あのお転婆娘《てんばむすめ》が母親になるのかと、モルテールン家の家中では驚きをもって迎えられたニュースである。

医療技術の未熟な世界であれば、妊婦に降りかかる健康リスクは高い。産前産後の健康状態によっては、母親が命を落とす危険性だってあるのだ。

幸いにして、ジョゼは元々健康に関してはお墨付きの活発娘。ウランタが大丈夫と言っているように、さほど大きな問題もなく順調に推移しているとみていい。

「初産ですからね。気を使って頂ければ、弟として嬉しいです」

「勿論ですとも。何も憂うことなく過ごせるよう、手配しております」

「僕とこうして話しているのも、手配のうちですか？」

「そうですね。ペイストリー殿もよくご存じの、〝モルテールン家の秘匿技術〟について、いざという時はご提供を願うかもしれませんので。例の〝特別な癒やしの飴〟とか、ね」

「……ウランタ殿には、油断もできない」

「他ならぬペイストリー殿に言っていただけるなら、誉め言葉として受け取っておきます」

ウランタが露骨に匂わせているのは、勿論魔法汎用化技術によって生まれる【治癒】の飴のこと。

元々モルテールン家には、癒やしの飴といわれる商品が存在する。ハーブなどから薬用成分を抽出して飴に加えた、のど飴がそれだ。

嗄《しわが》れたガサガサの声も、のど飴を舐めると綺麗な声に戻る、という評判はかねてから存在している。

モルテールン家の主力商品の一つであり、ナータ商会が専売しているもの。

これにかこつけ、こっそり作ってテストしているのが、ペイスが聖国の魔法使いから【転写】した治癒の魔法の力が籠もった飴。

対外的にはあくまで「効果の強めなのど飴」で押し通すつもりの、特別な飴である。

ジョゼが出産に際して重篤な状況に陥ったなら、ペイスであればジョゼを助けるためにこの〝特別な飴〟についても供与があるはず。

ウランタの要求は分かりやすいし、断言をせずにカマ掛けに近い揺さぶりを行うだけ、強《したた》かさに成長がみられる。ウランタの交渉能力と情報《インテリジエンス》能力は、出会った時と比べて格段に伸びていた。

義弟として、ペイスは義兄の成長を喜ぶ。と同時に、交渉人として、手強い人間が増えていくことへの危機感で悲しむ。

「ひとまずジョゼ姉様の話は置いておくとして、問題はやはり？」

「はい。お察しのとおり」

「わざわざお越しいただいた社交会で不手際があったとか。お恥ずかしい限りです」

ウランタは、ようやく本題について語りだす。

「我が家にも両家から連絡が来ており、どちらも地域閥のトップとしての勧誘です」

「つまり、東部閥と南部閥の、駆け引きですか」

「そうなります。地域的に見て、ボンビーノ領は東部と南部の境です。どちらも影響力を高めたいでしょう」

「厄介なことで」

ボンビーノ子爵ウランタは、少しばかり顔を顰《しか》めた。

そも、今回のペイス訪問の目的は情報交換にある。

モルテールン家の強みといえば、創設以来【瞬間移動】の魔法にあり、今回もその強みを活かして王都での情報収集を行ってきた。

ウランタとしても独自に情報を集めており、特に船乗りのネットワークにはボンビーノ家の強みがある。

お互いがお互いにない情報を持っているということで、こうして同年代同士で茶飲みがてら情報交換をしているのだ。

「本来ならば、慶事なのでしょうけどね」

「そうですね。ジョゼも初産ですから、当家にとってもこれ以上ない慶事です」

「当家としては、ただ純粋にお祝い事なのですが、ボンビーノ子爵家ではそうもいきませんか」

「正直なところ、ここまで大きな話になるとは思っておりませんでした」

「見込みが甘かったと?」

「はい。当家が大貴族に相手にされるようになったのは、ここ最近の話ですから。戸惑いも大きいというのは率直な感想です」

「なるほど」

元々、ボンビーノ子爵家はここ最近まで没落の憂き目に遭っていた。ものの例えではなく、本当に家が存続できなくなる瀬戸際だったのだ。

長い歴史を持つボンビーノ子爵家は、神王国内の立場としては伝統貴族とされる。先の大戦で神王国を裏切ったアーマイア公爵家は、伝統貴族とも強く結びついていた。むしろ、大戦が起きるまでは常に主流派であったからこそ、伝統派と呼ばれていたのだ。

大戦が終わった時、アーマイア家の取り潰しと共に粛清《しゅくせい》の嵐が吹き荒れた。若き国王カリソンとしては、自分たちを裏切り、国家を滅亡寸前まで追いやった者の責任を問うのは当然であったろう。

伝統貴族は、お互いにお互いを尊重し合い、縁故を結び、利益関係を担保し合っていた。そこに、特大の大ナタが振るわれたわけだ。領地を取り上げられた者、爵位を下げられた者、代々確保してきた地位を失った者、膨大な支払いを背負わされた者、親戚が粛清されて縁故が切れた者など、無傷で済んだ伝統貴族は一人としていない。

ボンビーノ子爵家もまた、大戦後に多くの損失を被った。

親戚に貸しつけていた借財が返済不能となってしまったり、各所に持っていた利権が没収されてしまったり、親戚一同がごっそりいなくなってしまったり。

更に、隣領の貴族であるリハジック子爵がボンビーノ領に食指を伸ばし、じわじわと体力を奪われていった。

もしもウランタやペイスが盛り返さなければ、きっと今頃はボンビーノ家は跡形もなく消えていたことだろう。

ウランタが物心がついた頃には、既にボンビーノ家は凋落《ちょうらく》していた。

大貴族どころか中小の貴族でもボンビーノ子爵家をまともに相手にせず、鼻で笑われるような対応しかされてこなかった時代。

ウランタは、歯を食いしばって何とか家を盛り立てようと努力してきた。

結果として若き子爵閣下の交渉技術が磨かれた訳だが、幼き頃から刷り込まれてきた先入観というのは容易に拭い難い。

頭では、今のボンビーノ家が相当に実力があると分かっていても、やはり実感として大貴族がボンビーノ家を取り合うような状況にピンと来ていなかったのだ。

「正直、対応に苦慮していると言って良いでしょう。何もかも手さぐりに近い。今回の件だって、どうしたら良いのか」

「よく分からないと？」

「ええ。何せ僕にとっては初めてのことばかりですから。どっちにつくかで将来も決まる。簡単に決断できるものではなさそうです」

ウランタの感情吐露に対し、じっと考え込むペイス。

そして、おもむろに一つの提案を思いつく。

「ならば、僕がひと肌脱ごうじゃありませんか」

ウランタは、ペイスの笑顔に不安を隠しきれない思いだった。

密会

神王国はモルテールン家別邸の一室。

機密保持の為の対策がこれでもかとされている、モルテールン家自慢の部屋。

龍金もふんだんに使われており、王城で国王が使う密談用の部屋を凌駕《りょうが》する程に厳重な機密漏洩《ろうえい》対策がされている部屋だ。

中身を守る金庫自体が貴金属でできているような馬鹿げた話ではあるが、内緒話をしたい時にはこれ以上の部屋はない。

そんな部屋の中に、十人ほどの男女が集まっていた。

「皆さま、お集まりいただきましてありがとうございます」

集まったメンバーは、フバーレク辺境伯とその護衛あわせて三名、レーテシュ伯と伴侶とその護衛あわせて四名、ボンビーノ子爵とその伴侶と護衛あわせて三名。そして、モルテールン家のペイストリーとカセロールである。

合計すると十二名になるわけだが、豪華さというならそのまま国政会議でも始まりそうなほどだ。誰をとっても、目下の国政において欠かすことのできないキーパーソンばかり。今ここで大龍が大暴れでもすれば、神王国は真っ先に混乱からの内乱突入である。

「ふむ、いきなり時間を欲しいと言われていたのだが、まさか王都まで運ばれるとは思っていなかったよ」

「ルーカス義兄上、急な話になったことは謝罪致します。しかしながら、どうしてもお集まりいただく必要があったのです」

ペイスは、フバーレク伯に頭を下げる。

全員が全員、毎日忙しくしている者ばかりであり、スケジュールの調整上でどうしても急な話になってしまったからだ。

それでも集合できてしまうだけモルテールン家の魔法が凄いということでもあるのだが、あまり悠長に茶飲み話で時間を潰すというのもできないのは事実。

「なに、可愛い義弟殿の呼びかけだ。無下《むげ》にはしないというものだ。でしょう、ボンビーノ子爵」

「そうですね。ペイストリー殿の呼びかけならば、無理の一つぐらいは何でもありませんよ」

フバーレク辺境伯もボンビーノ子爵も、ペイスには大きな恩があるし、借りもある。

スケジュールを調整して時間を空ける程度でその借りが返せるというのなら、安い買い物というものだ。

何より、彼ら自身がペイスを憎からず思っていて、好感度が高い。多少の融通《ゆうづう》を利かせるぐらいは、友人の頼みと思えば何ほどのこともない。

「どうやら、私の都合に合わせていただいたようね。知らないこととはいえ、ご迷惑をおかけしたのかしら？」

「いえいえ迷惑など。皆さんの都合の良い時期を調整したら、たまたま今日のこの時であったまでのこと。改めて、呼びかけに応えていただけたことを感謝いたします」

ペイスが、深々と頭を下げる。

今日という日に急に集まった理由の多くは、レーテシュ伯の都合に合わせたからというのは事実であるが、それを表に出すことはない。

これからいざ話し合おうという時に、メインパーソンを不機嫌にさせても得はないからだ。

「それで、今日集まったのは、どういう理由だろうか」

フバーレク伯が、早速とばかりにペイスに尋ねる。

集められた理由を聞きたいと言いつつも、内心では議題の察しはついていた。

最近起きた出来事を思えば、レーテシュ伯との口論だろう。

分からないのは、何故ペイスが出張ってきているかだ。

モルテールン家の主催する社交の場で起きたことが発端と思えばモルテールン家が出てくることは理解できなくもないが、それならばカセロールが主体で話をしそうなもの。傍観に徹しているような現状は不思議。

第一、争ったもの同士の間に入ろうというのなら、誰かに肩入れするにしろ、中立を守って仲立ちをするにしろ、もっと公の場でやりそうなものだ。

「それは勿論、ここにいるウランタ殿と子爵夫人の間に生まれてくるであろう子について、揉めていると聞いたからです」

「では、仲裁に入ると?」

「端的に言えば。先日は僕の顔を立てていただき、その場を収めていただきました。改めて感謝するとともに、こうして当事者同士、率直に意見を交わせる場を用意し、できれば建設的な結果を持ち帰っていただきたいと思っております」

「そうね、ぜひともそうありたいわ」

ここにいる全員は、総じてみれば穏やかな性格をしている。

いきなり喧嘩を吹っかけたり、争いに首を突っ込む連中のどこが穏やかかと笑う向きもあろうが、この世界には話し合いをイコールで武力衝突と考える戦い好き、戦争好きも居る。それに比べれば、まだ理性的に損得勘定を働かせて、話し合いが成り立つだけ穏やか。

知性という意味では、ある程度信頼の置ける面々が集まっている。

あとは、話し合いの内容次第だと、皆が皆真剣な表情をしていた。

「子爵夫人ジョゼフィーネは、僕にとって実の姉。生まれてくる子供は、血の繋がった甥御か姪御ということになります。その子が原因で、お世話になっている方々が争うというのは、平和主義者として見過ごすわけには参りません」

どこまでも真剣に、ペイスは揉め事の仲裁に労を取りたいという。

自称平和主義者による仲介。ここで決まったことは、モルテールン家が保証するということを明言した形だ。

どういう話し合いになったとしても、仮に約束したことが履行されなければ、モルテールン家が懲罰《ちょうばつ》を課す、と言い切ったという意味である。

龍の守り人とも称される人間の仲裁だ。これは本当に真剣な仲裁なのだろうと、誰しもが思う。

「それで、どうしようというのか」

フバーレク伯は問う。

話し合いをするにしても、何を話すのか。

先ずは何処にボールがあって、誰が投げるのか。

様子見をしようとしたルーカス。

しかし、そうはいかないのがペイスの話術である。

「まず提案致します。ボンビーノ家の後継者の伴侶については、ハースキヴィ家から迎えるものとする」

「何⁉」

「何ですって⁉」

フバーレク伯陣営と、レーテシュ伯陣営の面々は驚く。

驚かないのは、事前に情報交換をして内容を詰めていたペイスとウランタ。そしてジョゼとカセロールである。

「ハースキヴィ家であれば、フバーレク伯も親しい。また、モルテールン家を通してとはなりますが縁戚《えんせき》です。直接的な囲い込みはできませんが、それで縁が深まると思えば納得もできるでしょう」

「ふむ」

今回の発端をそもそもたどれば、フバーレク伯とレーテシュ伯が婚姻政策によって自家の権勢を伸張させようとしたことにある。

特にフバーレク家は、婚姻政策にかける熱量が高い。

元々、フバーレク家はサイリ王国と領地を接し、ルトルート辺境伯などのサイリ王国貴族と小競り合いを繰り返してきていた。国境線を守るのがお役目という家柄であり、その為に必要なのは一にも二にも軍事力の整備であった。

転機があったのは、カドレチェク家との婚姻に端を発した先代の政策。

先代当主の思惑から、当代フバーレク伯の妹がカドレチェク家の嫡孫に嫁いだことで軍事的に安定した。また、モルテールン家との婚姻という繋がりもあって決定的な軍事的勝利を得るに至る。

先代フバーレク伯こそ戦いのうちに命を落としたものの、モルテールン家やカドレチェク家の助力を得た反攻によって、ルトルート家に対して決定的ともいえる勝利を収めた。

不倶戴天《ふぐたいてん》の敵ともいえる相手を完全に打倒した結果として、現状は軍事的緊張がかなり緩んだ。

勿論、まだまだ隣国は油断できず、虎視眈々と旧地奪還を狙っているのだが、かつてほどに軍事力偏重の政策を取る必要もなくなったのは間違いない。

先に挙げたとおり、婚姻政策の成否如何で、家の勢力は伸びもすれば縮みもする。それを、フバーレク伯は体感として学んできた。他ならぬ実妹である。

先例に倣い、自分の娘もフバーレク家の為に活かす。それができてこそ大貴族の当主であろう。ルーカスはそう確信している。

先代から仕えてくれている者たちも、まだ辺境伯家を継いで日の浅いルーカスを値踏みしている現状、外交手腕でも先代に劣らないという成果を見せつけねばならない。

外交的功績で先代に劣らない功績となれば、やはり政略結婚を成功させるのが良い。ボンビーノ家の次代ほどの優良物件はなかなかないので、この機を逃したくないという強い想いがある。

ここでいきなりボンビーノ家後継者の伴侶の座を、ハースキヴィ家に持って行かれるのは納得がいかない。

「それなら、うちはどうなるのかしら」

フバーレク伯よりも納得いかないのがレーテシュ伯である。

ボンビーノ家の次代が優良物件だと考えるのはフバーレク伯と同じ。

拘る理由は、フバーレク伯は血縁の強化であったのに対し、彼女の狙いは地縁の強化である。

「レーテシュ家とハースキヴィ家の血縁は薄い。しかし、ハースキヴィ家は元々南部閥貴族。縁が皆無ということもないでしょう」

「それはそうだけど……」

ハースキヴィ家は、ペイスの姉であるビビが嫁いだ家。元々は神王国南部の弱小領地貴族であった。今は東部に領地替えがあり、新生ハースキヴィ領を創設して頑張っている。

こうして考えれば、地縁という意味では全く疎遠とも言い難い。かつての伝手というのも残っているし、面識だってある。

だが、やはりそうは言ってもハースキヴィ家の現状は、東部閥に寄っている。地縁を重視するというのなら、縁遠いと言ってしまって良い。

レーテシュ伯は、言外にペイスに対して不満を言う。

「勿論、ハースキヴィ家の地縁を、レーテシュ家とより強く結びつける方法もあります」

ハースキヴィ家が、現状ではレーテシュ家と縁が薄いという事実は変わらない。

その上で、ボンビーノ家の次代とハースキヴィ家を結びつけるというのなら、レーテシュ家としては殆ど何も得るものがないではないか。

この不満をどう収めるのか。ペイスは、自信ありげに提案の続きを口にする。

「リハジック子爵領と、ハースキヴィ準男爵領を入れ替えてはどうかと思いまして」

「何だと!!」

神王国南部の、ボンビーノ家の隣にあるリハジック子爵領を、神王国最東部にあるハースキヴィ準男爵領と入れ替える。

その上で、ボンビーノ家の次代の縁組は、ハースキヴィ家を最優先とするというのが、ペイスの出した提案。

この提案に、一同は驚きを隠せなかった。

相対陣営

フバーレク伯は、自領でじっと考え込んでいた。

沈思黙考は珍しいことではないが、それでも長い時間そうしていれば部下は不安にもなる。

「何を考えておられるのです?」

「……モルテールン家からの提案だ」

今回、ボンビーノ家に子供が生まれるという話から端を発したレーテシュ家との衝突。

レーテシュ家とフバーレク家の双方に強い影響力を持ち、かつ当事者であるボンビーノ家と近しい縁戚という立ち位置のモルテールン家が、介入してきた。

貴族家同士のトラブルに、他家が仲裁に入るというのは珍しい話ではない。外務貴族などはそれが仕事でもある。

しかし、モルテールン家は軍家だ。

全くの専門外のはずであるのに、介入してきたのだからフバーレク伯は驚きもした。

モルテールン家の提案は、実によくできていた。

勿論、当初の目的であったボンビーノ家との縁組と比べれば得られるものが少なくなる。

だが、フバーレク家として必要十分な利益は確保されているうえに、将来性を考えても十分検討価値のある提案だった。

単体でも見ても一考の余地はある。

レーテシュ家とこのままガチンコで争い合うデメリットがなくなるということも併せて考えるならば、かなり魅力的な提案のように思えた。

「ああ、あのハースキヴィとリハジックの交換案」

「そうだ。考えるにつけ、実によくできていると感心していたのだ」

フバーレク伯としては、受け入れるに無理のない内容である。

また、レーテシュ家にも十分配慮されている内容であったし、ボンビーノ家もそれなりに得るところのあるものだった。

若干、ボンビーノ家の利益が少ないようにも思えるのだが、そこはモルテールン家との間で何がしかの密約でもあるのだろう。

領地の差配は、王家も絡む。

普通ならば思いついたとしても提案などできないだろうが、そこはモルテールン家。王家には強いパイプもあるし、何より先だっての国王による褒賞問題があった。

国家に対して貢献大なるペイスに対して王は褒美を与えようとし、ペイスがそれを即座に断ったという事件だ。

結局、ペイスは然程大きなものは受け取らず、称号と名誉のみを受け取った。

これが、今生きてきている。

領地と爵位まで与えようとしていた相手からの、領地交換の要望。

これは、王家としてもペイスに対する貸し。いや、借りの精算となる。

ケチな王である、などという風聞も心配せずに済むし、そもそも領地交換ならば王家の懐は痛まない。

王家が提案を呑む公算は大だ。

「南部に対して、血縁を増やすという目的も果たせますな」

「ああ」

今回の騒動でフバーレク伯が狙っていたことの一つが、南部への血縁強化。それによる影響力の拡大だ。

最近右肩上がりで景気のいい南部は、フバーレク伯としては美味しい肉に見える。

モルテールン家と強い血縁を持ち、そのおこぼれにあずかれている現状、ここで更に別のルートで南部に血縁者を増やしたいと思っていたのだ。

現状東部閥としてルーカスとも面識があり、かつリコリスを通して多少の血縁を持つハースキヴィ家が南部に戻るというのなら、百パーセント満足とまでは言わずとも、合格点以上で納得できる内容ではないか。

「しかし、リハジック家とハースキヴィ家はこの案を呑みますか?」

「問題はそこだが……、恐らくペイス殿は勝算が高いとみているのだろうな」

「閣下はどう見ますか?」

「勿論、受け入れるとみる。リハジック家は借財が嵩《かさ》んで没落気味だ。ここで心機一転というのなら、悪い話ではなかろうよ。土地を担保に借りている借財を、モルテールン家が責任をもって引き受けてくれるというのなら利益しかない。リハジック家の当主は小狡い男だし、利に敏《さと》い。ついでに言えば、上昇志向の強い男にとっては、東部の火種の多い土地というのは、功績のあげ甲斐もある魅力的な土地に映るだろう。名誉挽回の機会が多いというのなら、自分の力量に自信がある男にとっては得だと映るはずだ」

「ふむ」

「ハースキヴィ家にとっては、元々慣れ親しんだ南部に戻るのだ。不安はなかろう。それに、幾ばくか土地が削られている子爵領となれば、準男爵家の身代《しんだい》としても丁度いい。大きすぎない程度に大きいわけだからな。それに、妻同士仲のいい姉妹で隣同士になるというのだから、武力衝突に気を遣うことも減るだろう。争いごとの苦手な当主にとっては、軍備にかける費用を低減できるというのなら旨味も大きかろうよ」

「なるほど」

勝手に領地替えを決められてしまったハースキヴィ家とリハジック家についても、問題ないと判断するルーカス。

金に困っていて手柄を欲しがっている子爵家と、敵国との衝突を嫌がっていて安定を欲している準男爵家。

それぞれ、交換することでお互いに望ましい状況になるのだ。仮に細かい条件で揉めるとしても、合意に達する見込みは相当に大きい。

「そして、レーテシュ家」

「女狐も、うちとの正面衝突は望むところではなかろう」

「まあ、そうでしょうが」

「そもそもリハジック家は、レーテシュ家にとっては政敵。ボンビーノ家とリハジック家が争った際にはボンビーノ家に肩入れしているし、恨みも買っていよう。いざとなれば敵に回りかねない目障りな相手が、遠くの土地に移ってくれるというのだ。気分は良かろう」

「それは確かに」

「代わりにやってくるのは、かつて面倒を見ていた子分だ。自分の手駒にできる可能性も高いとなれば、ボンビーノ家を諦めたとしても、十分に満足できる成果を得られる」

「……それは確かに」

レーテシュ伯爵家にとっても、悪い話ではないとルーカスは考える。

どのみち、ボンビーノ家を取り合うとなればどこかで正面切っての争い。最悪は戦争まで起きかねないところだったのだ。満点とまではいかずとも、合格点以上の成果を得られるというのなら妥協するはずだと考える。

レーテシュ伯は、打算のできる賢い人間だ。ならば、このままぶつかり合って最悪の場合を考える。つまり、戦いによってレーテシュ家が大きく傷つき、結局何も得られない結果に終わるという可能性だ。

フバーレク家は東部の大家。南部の大家であるレーテシュ家のほうが多少は分がいいとはいえ、実際に争ってしまえばどちらに勝敗が転ぶかは分からない。

実際に戦ったとして、ルーカスは簡単に負けるつもりもないし、フバーレク家が勝つ可能性も十分ある。レーテシュ伯からすれば、有利とはいえ危険な博打だ。保守的な彼女の性格からすれば、ギャンブルはしないとみる。

結局、誰にとっても十分利があり、少しずつ不満が残る。

「今回は、痛み分けと言ったところか」

「さようですね」

利益はきちんと得られた。

フバーレク伯は、満足げに頷くのだった。

◇◇◇◇◇◇

レーテシュ伯は、歯ぎしりを堪えながら部下や夫と話し合っていた。

会話の内容は、勿論先のフバーレク家との衝突と、それに介入してきたモルテールン家の提案内容についてだった。

「してやられたわね」

「そうでしょうか？」

レーテシュ伯の悔しそうな言葉に、部下のコアトンは不思議そうな声で問う。

モルテールン家からの提案自体は、取り立てて難しい話ではない。話の内容を整理すれば、皆が皆、少しずつ妥協しましょうという話だ。

妥協の結果として成果を得られるのは間違いない。

レーテシュ家としても、旨味は十分ある。

「ねえセルジャン、今回一番美味しい想いをしたのは、何処だと思う？」

「一番美味しい思い？」

妻に問われて、セルジャンは少し考え込む。

「やはり、フバーレク家だろうか」

セルジャンの出した答えは、ごく自然な結論である。

モルテールン家の提案で見えてくる利益を並べたならば、最も利益を得ているのはフバーレク家になるだろう。次いでレーテシュ家。そして後継者問題で強い後ろ盾を得られることとなったボンビーノ家。並んでリハジック家とハースキヴィ家。モルテールン家は、せいぜいがボンビーノ家や衝突した二家に恩を着せることができた程度ではなかろうか。

説明するセルジャンは、自分の意見をさほど間違っているとは思えなかった。レーテシュ家とフバーレク家の利益には身びいきも絡むし、満点を狙えたのに妥協せざるを得ないという感情的な評価が含まれるため、若干の上下幅はあるかもしれないが、他の家の損得に関しては十分検討できている。

「違うわね」

「なに？」

「一番利益を得たのは、モルテールン家よ」

「何故だ？　あそこにどんな利益があるというんだ？」

セルジャンは、妻の意見に驚く。

勿論、間違っていると思っているのではない。妻の聡明さをよく知るセルジャンとしては、レーテシュ伯爵として辣腕を振るう愛妻の熟慮の結果が、間違っているとは思っていない。

ただ、理解が及ばない。

一体、モルテールン家にどんな利益があるのかが、自分には分からないのだ。

「モルテールン家は、恐らくだけど魔の森の開拓に自信を持ったのよ」

「魔の森？　ああ、国軍が出張ってきている案件か」

「そう。あの坊やがきっと自分の目で確認したのよ。これから、遠からず開拓ができると」

「ふむ、それが今回の件と繋がると？」

「ええ。モルテールン家が魔の森を開拓する際、最も困るのは、他家の介入よ。それも、魔の森に近接する領地の、ね」

「それはそうだろうな」

「仮想の敵対相手として、リハジック家は想定されていたはず。モルテールン家とリハジック家は、因縁があるもの」

「ボンビーノ家の一件だな」

「そう。うちも関係しているけれど、モルテールン家がいなければきっと今頃はリハジック家はボンビーノ領を呑み込んで我が世の春を謳歌《おうか》していたことでしょう」

「それは分かるが」

「仮に……魔の森の開拓ができた、としましょう」

「ふむ」

「すると、モルテールン家からボンビーノ家まで。もっと言えば海まで。一直線で結べると思わない？」

「なるほど。モルテールンからボンビーノまで。魔の森のほかに邪魔になるのがリハジックだったのか」

「そういうこと。森沿いの街道まで魔の森を通って道を延伸。その上、モルテールン、新ハースキヴィ、ボンビーノの一直線で全てが縁戚よ。海まで道を通すのも容易いでしょうね」

「ペイス殿なら、交渉で後れを取るとも思えんしな」

「さあ、どうかしら。モルテールンを中心として、巨大な物流網と経済圏ができ、魔の森の開拓で生産力は天井知らず。当家に対しても、顔色をうかがうことはなくなるという寸法ね」

妻の説明を聞いたセルジャンは、納得と共に畏怖《いふ》を覚える。

それは、深謀遠慮の方策を見破った妻の賢さに対してであり、神算鬼謀《しんさんきぼう》をもって周囲を翻弄《ほんろう》するペイストリーに対してだ。

その上で思う。もしかしたらば、フバーレク家にボンビーノ家の嫁が懐妊したことを伝え、それとなく自分たちと反目させるように絵を描いていたのではないかと。

一体、どこからがあの少年の謀《はかりごと》であったのか。

敵にするとどこまでも恐ろしい相手。

「やはり、敵にはできないわね」

「そうだな。ここでこの話をご破算にしても、最悪の場合はフバーレクとモルテールンの両方を敵にしてしまう。モルテールンが動けば、ボンビーノ家まで敵になるかもしれない。全部を敵にできない以上、どこかで妥協は要る。ならば最初から妥協をして、関係をこじれさせないほうが良い」

妻の、呟くような言葉。セルジャンは、不本意さのにじみ出る意見に、大いに同意する。

自分たちの一枚上手をいき、何処までもモルテールン家の躍進を加速させ続ける銀髪の少年。

敵にして、簡単に勝てる相手とも思えない。

「幸いなのは、向こうからこっちに寄って来てくれていることかしら。まだ、うちに遠慮が見える」

情報分析を得意とするレーテシュ家である。モルテールン家が、外交方針を変えているであろうことは既に承知済み。

八方美人のような外交から、明らかに地縁や血縁を主体とする外交に代わっている。

今回も、それだ。一見すれば全部に良い恰好をする外交に見えるが、血縁と地縁をモルテールン家に都合がいい形でより強める結果に終始している。

実に強か。そして、堅実。

これは、レーテシュ家としては良いことだ。

モルテールン家の地縁というなら、地続きでご近所になるレーテシュ家を無視はしない。できるだけ良好な関係性を保とうとするはず。

レーテシュ家にはレーテシュ家なりに、モルテールン家に対して関係を持つだけのメリットを提示できている。

「味方にするのであれば、やはりもう少しモルテールン家と縁を深めたいわね」

「ふむ、それは分かるが、実際どういう手がある？」

「……ま、ちょっと考えてみるわ」

今後の対モルテールン家の外交。

難しいかじ取りになりそうだと、レーテシュ夫妻は悩みを深めるのだった。

蜜蝋《みつろう》は未来を照らす

ある、晴れた日のこと。

「ふんふん～るるる～♪」

「ご機嫌ですね、ペイスさん」

「そりゃもう」

陽気な鼻歌を厨房に響かせるのは、何処にでもいるごく普通のお菓子馬鹿。

いつもいつも、いつもいつもいつも、お菓子のことを考えているスイーツモンスターではあるが、今日もまた厨房でお菓子作りに勤しんでいた。

仕事はどうしたのかという疑問は湧こうが、今は労働時間外である。

どんな仕事であってもメリハリは大事であると、モルテールン家にはちゃんと労働基準というものが存在するのだ。

裁量労働の領主代行に、そんな基準が意味を持つのかは別にして。

「お菓子作りも久しぶりです。最近は忙しかったですからね」

「そのようですね。夜遅くまで起きてましたもの」

「リコは先に寝ていたでしょう?」

「途中までは起きてました」

夫に尽くすのが美徳、という神王国の良妻観。

リコリスも、ご多分に洩れずその手の淑女教育を受けて来たからなのだろう。夜遅くまで頑張っている夫を、起きて出迎えるようにしていた。

ペイスはペイスで、自分に付き合って遅くまで夜更かしする必要もないからと、常々自由にしていていいと言っている。

神王国の淑女としての常識と、ペイスの現代的な常識。その二つの間を取って、リコリスは自分が眠くなるまでは起きて夫の帰りを待ち、眠くなったら眠るという生活に落ち着いている。

「忙しかったのは、また争いごとになるからでしょうか」

リコリスは、少々不安そうに尋ねる。

モルテールン家が色々とトラブルの渦中に巻き込まれやすいのは承知の事実であり、リコリスの夫も、義父も、戦場に何度となく立った人物。リコリスとて、結婚してからも何度か戦場へ行く夫を見送っている。

争いごとの嫌いなリコリスとしては、できるだけそういった騒乱からは離れていてほしいという思いを持つ。

「いえいえ。争いごとなど。最近は、魔の森関連と、ボンビーノ家の慶事《けいじ》で忙しかったのです」

「慶事？」

「ほら、ジョゼ姉様に子供が……って話です」

「ああ、それは確かに慶事ですね」

リコリスも親しく付き合っているジョゼが、懐妊したという報せ。

ペイスは勿論リコリスにも伝えている。

尚、モルテールンの領民にはまだ伝わっていない。無事に生まれてくるかどうかが分からないからだ。

ジョゼは、ペイスが【治癒】の魔法をパク……もとい、学習していることを知っている。いざとなれば、魔法の飴もある。

つまり他の貴族に比べると遥かに優れた医療体制で出産を行える訳だが、それでもそもそも無事に生まれてくることができるかは分からない。最初から死産というのは、超音波診断もできずにお腹の中の様子が覗けない状態では、決して低くない確率であり得る。

第一、ボンビーノ家の為に、ペイスの魔法を使うかどうかなどは不明瞭だ。幾ら身内と言えるほど親しいとしても、他家のこと。ちゃんと対価を貰わねば、魔法が使われることはない。

実際に生まれて来たのなら盛大に祝う腹積もりであっても、ペイスとリコリスはまだ周りに内緒にしているのだ。

ヒソヒソと会話するのはその為。

夫婦の距離感は、内緒話の距離感。とても親密なゼロ距離である。

「昨日遅かったのも、その慶事の為ですか」

「そうですね。慶事そのものというより、今後の外交についての打ち合わせの為でしたが」

ペイスは、先ごろ行われた秘密会合の内容をリコリスに話して聞かせた。

こういった政務でも隠し事は極力しないのがモルテールン若夫婦の間のお約束事であり、信頼関係。

既に関係している各所から、かなり前向きな様子で話を進めるよう了承を取りつけてある。実務で汗をかくのはペイスとその部下となりそうだが、話がまとまれば神王国南部はまた一段と安定感を増すだろう。

「フバーレク家、レーテシュ家、ボンビーノ家、リハジック家、ハースキヴィ家。全ての家にとって、利益となる提案です。きっとうまくいきます」

「うちの利益はどうなるのですか？」

「勿論、うちの利益は最優先ですよ」

モルテールン家は、今後魔の森を開拓し、領地を広げることを考えている。

元々のモルテールン地域だって相当に広いのだが、それはそれ。今回バニラが見つかったように、もしかすると新しい発見があるかもしれない。

ペイスの真剣で強硬な主張により、モルテールン家の方針は決した。

何よりも、新規の発見でなくとも魔の森から得られるものは多い。

その一つが、蜂の巣から採れる蜂蜜。

そして、蜜蝋である。

「型に蜜蝋を塗って……」

「甘い香りがしますね」

ペイスは、ニコニコ顔でお菓子作りの手を動かす。

既に足が地に着かない勢いで、浮かれ気分のままのクッキング。

「できました。あとは焼くだけです」

「これは何でしょうか?」

「カヌレです」

「カヌレ?」

カヌレとは、フランスはボルドー地域の伝統的スイーツ。

カヌレ型と呼ばれる小ぶりな容器で焼き上げる、カステラやスフレの親戚である。

「どうせ振る舞うのなら、今回の件にちなんだお菓子を振る舞おうかと思いまして」

「それがこれだと?」

「ええ」

ペイスは、カヌレの焼き上がる様子を確認しながら、リコリスにカヌレの謂《いわ》れを説明する。

「カヌレとは、元々『溝のある』とか『溝を作る』という意味があるんです」

「へえ」

カヌレの歴史は古く、かつては修道院で作られていたとの話もある。

「溝を埋める。それぞれの家にあった溝を埋めることができたという意味も込めて。どうせなら、溝ごと全部食べてしまうのも縁起が良いと思いまして。さあ、できました」

焼き上げられたカヌレの香りは、実に食欲を刺激する。

香ばしさの中に、焼き菓子ならではの甘い香りがあるのだ。

「ほふほふ、美味しいです」

ひと口食べたリコリスは、相好《そうごう》を崩す。

ペイスの作る菓子はいつも美味しいが、このカヌレもまた最高に美味しい。

カリッとした外の食感と、ふわもちっとした中の食感。そのどちらもがとても幸せな気持ちになる優しい食感なのだ。

「うん、上出来ですね。上手に溝も作れました」

「溝を作るのが上手くても困りものですね」

「それは確かに」

ペイストリーとリコリスの二人。

夫婦の溝は、作らないほうが良いと笑い合うのだった。

第三十三.五章

ジョゼフィーネ奮闘記

よく晴れたとある日のこと。

ボンビーノ子爵領ナイリエでは、いつもと同じ潮騒が目覚ましになる。

いつもと同じ潮風の薫り、いつもと同じ海の波音、いつもと同じ光景。

そして、いつもと違うボンビーノ家当主のいでたち。

「ジョゼ、準備はできた?」

妻に声をかけるのは、ウランタ＝ミル＝ボンビーノ。

子爵家当主にして若き俊英の名も高い。

没落寸前であったボンビーノ家にあって、海賊討伐によって名を馳せ、優れた内政手腕で財政状況を好転させ、更には外交手腕をもって南部閥No．2の地位を確立したと評判の青年である。

いつもは執務で疲れないよう軽い服装で朝を迎えるのだが、今日はいつもと違いかなりおめかしをしていた。

レースのような飾りがついた淡い色のシャツの上から金糸で刺繍した紺色の上着を着て、同じく紺色で揃えたズボン。

正装とまではいかずとも、何処に出しても失礼にならない程度には礼節に則った服装である。

「あら、ウランタ。そっちはもう準備できたの?」

「勿論」

特注品のマタニティドレスで着飾ったジョゼ。

まだそれほどお腹が目立つわけでもないのに、ご機嫌で先走ったウランタが用意したものだ。

ウランタの服装がカジュアルとフォーマルの間だとするのなら、ジョゼのドレスは完璧にフォーマルである。

白を基調としながらも裾は水色となるようなグラデーションで染色されているドレス生地。海をイメージして特注したものなのだが、ここまで綺麗に色をつけるには熟練の職人の高度な技術が必要。更に布地そのものも複雑な縫い目で飾られていて、単純な機械織りとは違う布地から手作業で作っている高級品だ。

一体どれほどの金額をかけたのか。ジョゼのドレスだけでナイリエに屋敷が買えると聞いたとしても納得できる出来栄えである。

ジョゼは今、三人ほどの侍女に囲まれ、ドレスを一生懸命着ている最中。お着換え中ということだ。

これで部屋に入ってきたのが夫でなければ、覗きか痴漢であろう。

「早いわね。まだ時間はあるでしょう?」

ちらとだけ夫のほうを確認したジョゼは、部屋に置かれた鏡に目線を戻す。

鏡に映るのは、どこからどう見ても美人な人妻である。

「そうは言っても、早めに準備しておくに越したことはないでしょう」

「早すぎるわよ。それに、女性の身だしなみには時間がかかるのよ。もう少し待ってて」

「分かりました」

古今東西、お洒落にかかる男性と女性の時間を比較すると、女性のほうが相対的に時間がかかるとされている。

まだ若いウランタにはその辺の機微が分からないのだろうが、愛妻に言われてしまえば待つよりほかにない。

自分は準備を終えているため、暇つぶしを兼ねて執務室で仕事をし始めるウランタ。

仕事が暇つぶしというのも悲しい話だが、何をするでもない手持無沙汰で時間を浪費するよりは良い。

ボンビーノ領主の仕事は決して簡単ではない。

時間にすれば一鐘分は経った頃。二つほど案件を片付けたタイミングだろうか。

「ウランタ様」

部下が、ウランタに対して声をかける。

「ケラウス、どうしたの？」

「ペイストリー＝モルテールン卿がお見えです」

「ああ、分かった。応接室にお通ししてくれる」

「畏まりました」

ジョゼフィーネの準備ができるよりも前に、ペイスのほうがやってきた。

こういうこともあるだろうと思っていたウランタとしては、慌てることもなく対応ができる。

いっとう上等な応接室にペイスを通し、青年子爵は身だしなみを軽くチェックして顔合わせに向かう。

丁度いい暇つぶしになる、などという気持ちも少しは含まれているのだが。

「ペイストリー殿、当家にようこそ」

「ウランタ義兄上もお変わりなく」

お互いに笑顔で挨拶を交わし、応接室で向かい合わせに座る。

「わざわざ来ていただいたこと、お礼申し上げます」

「いえ。当家のご招待ですから、我々が参加していただけることにお礼を申し上げる立場です。義兄上が来ていただけるというだけでも、当家の格が上がろうというもの」

「それは大げさな。モルテールン家と比べれば、当家などはささやかなものです」

多分に儀礼的なやり取りである。

ペイスもウランタもお互いにお互いのことをよく知っているのだから、このやり取りは挨拶のようなもの。

どちらがどちらを褒めようと、社交辞令の範疇である。

「ははは、ご謙遜ですね。ところで、ジョゼ姉様はまだ準備中ですか？」

「ええ、そうですね。もう少し時間がかかるかもしれません」

「女性の身嗜みには時間がかかるものです。待つのも男の甲斐性といったところですか」

やれやれ、といった呆れた様子を隠そうともしないペイス。

事前に来訪の予定を伝えてあり、かつ他にも運ばねばならない予定が詰まっているにもかかわらず、ジョゼがまだ準備中。

これで怒り出す気配すらないのが、ペイスの末っ子気質なのだろう。

女性の身支度を待つことに慣れきってしまっている、習性ともいえるだろうか。

「ペイストリー殿はそちらにお詳しいのですね」

「これでも姉が五人おりますので。小さい時から、待たされるのが当たり前でした」

「そうなのですか」

「ええ。特にジョゼ姉様はお洒落に煩い質《たち》ですから、尚更ですよ」

モルテールン家は元々貧乏所帯。子供たちが遠慮なくお洒落ができるようになったのは最近のことである。

つまり、最もお洒落に執着心を持っているのが、最近までモルテールン家に居たジョゼということだ。

人間、我慢に我慢を重ねていると、我慢の必要がなくなった時に普通以上に求めてしまうことがある。

小さい時にゲームや漫画を我慢させられていた人間が、大人になってから自由にお金が使えるようになると深みにハマってしまうようなものだろうか。

幼少期に散々姉のお下がりやらで我慢させられてきたなかで、好きにお洒落ができるようになった時。ジョゼはお洒落に目覚めた。

幸いだったのは、ジョゼも賢い女性であり、浪費を親に強要するまではいかなかったこと。できる範囲のお洒落で、範囲だけが適切に広がったような感じだ。

従って、モルテールン家の姉妹の中で、一番お洒落さんなのがジョゼというのは事実。

愛妻の知られざる一面を聞き、ウランタなどはうんうんと頷いている。

「良い話を聞きました。今後はそれを踏まえて準備をするようにしないと」

世の旦那たちというのは、奥様のご機嫌を良好に保つことに腐心する。

ウランタとしては、ジョゼがお洒落好きと確定したのは朗報だ。何か不機嫌にしてしまった時などには、お洒落関係のほうからご機嫌を回復させることができるということだから。

「僕が言ったことは内緒にしておいてくださいね。姉さまの陰口を言っていたと思われてしまいます」

「これは陰口ではないと?」

「情報提供です。今後もジョゼ姉様の手綱を取らねばならぬ義兄上に、姉様の取扱説明をしております」

「それはなかなか辛辣《しんらつ》なお言葉で」

ペイスの強めの言葉ではあるが、その裏には確固たる姉弟同士の繋がりを感じるウランタ。

口では色々と言いながらも、モルテールン家の姉弟が仲のいいことは周知の事実。今更多少くさしたところで、揺らぐような関係性でもないのだろう。

ありがたく、ジョゼのトリセツについてペイスから教わる。

「ウランタ様」

「ん?」

ペイスとウランタの会話も弾んでいた頃合い。

部下からの知らせが来たことで、補佐役がウランタを呼ぶ。

「奥様のご用意ができたとのことです」

「分かった。それじゃあこちらに呼んできてくれる？」

「承知しました」

「ちょっとお待ちを。姉さまを呼びつけたとあっては、あとで文句を言われてしまいます。こちらから出向きましょう」

ウランタがジョゼを呼ぼうとしたところを、ペイスが止める。

「そうですか？　気にせずとも良いと思いますが」

「ジョゼ姉様なら、そういうちょっとしたことでも〝お願い〟に使ったりしますからね」

「……なるほど」

ジョゼの強かさは、身内であるからこそペイスもよく知っている。

外交儀礼上、ペイスの立場は子爵の子供。つまり、男爵位に準じる。子爵夫人を呼びつけるとなると、少々身分を軽視しているきらいがあるのだ。

今更モルテールン家とボンビーノ家の間で、それもペイスとジョゼの関係性で、どちらがどちらを呼びつけたと殊更問題にしたりはしないのだが、そこはそれ。ジョゼとて貴族女性の教育を十全に受けてきているし、ペイスに薫陶を受けた要領の良さもある。

何かの時の交渉カードの一つとして、〝ペイスがジョゼを呼びつけた〟と持ち出すかもしれない。

幾ら親しくても他家の人間。油断はできないと、ペイスはジョゼの元に足を運ぶ。

「姉様、元気そうですね」

ジョゼの着替えの控室。

身支度を済ませたボンビーノ子爵夫人が、ペイスたちを迎える。

彼女の衣装は一部の隙もなく飾られており、髪型は綺麗に上げられて巻かれていた。巻いた髪にもきらきらとアクセサリーが飾られているし、化粧は別人かと思えるほどに念入りにされている。

服装こそゆったりとしたドレスではあるが、胸元には大粒の真珠をあしらったネックレスが着けられていた。

そう、真珠だ。

この真珠のネックレスは、港町であるボンビーノ家の力量と財力を示すもの。アコヤガイの養殖など存在しない世界では、真珠というのは何千という貝の中に一個あるかないかという、極稀《ごくまれ》に見つかる天然のものしかない。ネックレスにできるほどの大粒となれば、何万個、或いは何十万個に一粒の希少さだろう。

これを幾つも繋げてネックレスにするのだから、文字どおり城が立つレベルの高級品。

ボンビーノ家が、如何に儲けているかを端的に示すものだ。

単に、嫁ラブのウランタが奮発したということでもあるのだが。

「ペイスがお迎えなのね」

「はい。姉さまに〝当家の機密〟を隠す必要も意味もありませんから」

「ふぅん」

ペイスが父親の魔法を使える事実。

これを、今までは散々に秘密にしてきた。

しかし、ジョゼはその事実をモルテールン家に居た時に知っている。

隠すも何も、相手が既に知っていることならば秘密にする意味もない。

「それじゃあ、行こうかジョゼ」

「ええ。ペイス、頼むわね」

「お任せください」

ジョゼフィーネは、ウランタにエスコートされつつ、ペイスの魔法で瞬間移動するのだった。


モルテールン家の主催する晩餐会の会場。

王都別邸を集合場所として移動した先には、モルテールン家の総力を結集して用意された〝お持て成し〟があった。

会場に入ってまず目にするのは巨大な大龍の剝製を模した飾り。

大龍の大部分は既に売り払われているし、一番目立つ頭部は王家の元にある。会場に飾ってあるのは木彫りの像に色をつけた、剝製の模型だ。

他の家ならいざ知らず、モルテールン家だけは大龍の正確な造形ができるからこその飾りである。

万事に抜かりのない次期当主などは、自身の【転写】の魔法を使って大龍の超精密な模写まで作っていたりもするのだ。細部まで正確に記録された資料。大龍の研究資料としては一級品なのだが、模型にも流用できる。

細かいパーツごとに分け、全体像はモルテールン家の担当者や上層部しか知らない。

ペイスに曰く、大龍の木製プラモデル。プラスチックでもないのにプラモデルと呼ぶものなのかどうかはさておき、来場者の度肝を抜くには十分である。

今にも動き出しそうな迫力ある剝製模型。テーマパークのアトラクションに登場しそうなほどの臨場感だ。

大龍を倒したという武名を、これでもかと利用しつくそうという意図が透けて見える歓迎である。

「凄いわね」

久しぶりにモルテールンに足を運んだボンビーノ子爵夫人ジョゼフィーネ。彼女もまた会場に来て早々のサプライズに対して素直に驚いた。

元よりモルテールン出身であり、不条理や非常識に慣れているジョゼ。生来の肝の太さも相まって取り乱すような真似はしない。純粋な驚きのみである。

一方で、いきなりの大駒に怯懦《きょうだ》するのは、彼女の旦那のほうだ。

最近は経験も積み、少々のことでは動じない頼もしさを身に着けてきていたウランタ。しかし、実際に大龍と戦い、人間がガッツリ食われていった様を自分の目で見てきた彼からすれば、恐怖を思い出させるには十分すぎる迫力。

トラウマとまでは言わずとも、過去の恐怖体験を思い出すのに不足はない。

むしろ、背を向けて逃げ出さなかっただけ勇敢であると褒めたたえるべきだろうか。

散々にビビらされた相手であることを思えば、仮に逃げていたとしても恥にはならない。

あわあわと狼狽《うろた》えるウランタの腕を、ジョゼはそっと掴む。

はた目には、ジョゼのほうが夫を頼って腕に縋ったように見えるだろうが、内実は逆である。

「ありがとうジョゼ」

「落ち着いたかしら」

「ええ。みっともないところを見せてしまいました」

ジョゼのサポートのお陰で、ウランタもすぐに正気を取り戻す。

「私もこれには驚いたわ。きっと、私たちが驚くのも計算のうちに入れてるのね」

「え？」

「周りよ。私たちにみんな注目してた」

ウランタは突然のことで頭がパニックになってしまったが、ジョゼはそうではない。冷静に、自分の周りを観察していた。

ボンビーノ子爵家は、それなりに高位の貴族。モルテールン家としても丁重に持て成すべき相手。だからだろうが、会場に連れてこられた順番はかなり後のほうだ。

先に会場に来ていた者たちは、ボンビーノ家の人間、特にウランタがこの剝製もどきにどういう反応をするのかを最初から注目していたようである。

視線に敏感な人間であれば、刺さるようにして向けられている多くの注目にも気づけただろう。

「大龍と実際に戦ったのは、うちとモルテールン家でしょう？」

「そうですね」

ジョゼの言葉に対して、首肯するウランタ。

今更言うまでもなく、大龍と戦ったのはペイスとウランタがそれぞれ率いた軍であった。

実際のところはペイス一人で片付けたようなものだとは思うが、戦ったこと自体は事実。

「モルテールン家が、これこそ大龍って見せたもの。それが本物とどれほど近しいのか。ウランタの反応を見て推測しようとしているのね。みんな」

「……なるほど」

モルテールン家が用意した大龍。

彼の家が、龍について討伐の武功を過剰に宣伝しようとした場合、会場に用意された模型は、本物と比べてより大きく、より凶暴に、より恐ろしく作るはず。大龍の恐ろしさを強調すればするほど、モルテールン家の武功が際立つからだ。

つまり、他家からすれば眉に唾をつけておかねばならないということ。現物の剝製ならば誤魔化しもできないだろうが、模型というならば幾らでも誇張のしようはある。

実際に大龍が動いているところを見た人間は限られるし、本物の大きさを知れるのは、王家の持つ本物の剝製を見ることができる高位貴族ぐらいだろう。

つまり、今回の社交に参加しているような家は、大半が真偽の判別がつけられないということ。本物を知る機会のない家は、剝製の恐ろしさが本物かどうか。もう一つの当事者であるボンビーノ家の反応から探ろうとして当然である。

「私は情報を与えてしまいましたか？」

「ええ、盛大に。これが本物に近いってことを確信できる程度には、ウランタが驚いているところを見られたわね」

開幕早々の、一番誤魔化しの利かない素の反応。

ここで誰の目にも明らかな動揺を見せてしまった以上、観察していた人間は確信したはずだ。

この大龍の迫力は、本物。少なくとも、ボンビーノ家の当主が本物と誤解してしまう程度には似ているのだと。

「やってくれますね。ペイストリー殿の策でしょうか」

「ま、そうじゃないかしら？　父様がこんなことをするとも思えない。茶目っ気のある悪戯《いたずら》は、ペイスの仕業ね」

招待しておいていきなりビビらせようとするペイスも相当に底意地が悪いが、人を食い殺しかねない恐ろしさを演出することに対して、可愛いイタズラだと許するジョゼも大概である。

肝の据わりっぷりが半端ない。

きっと親の教育が〝よろしかった〟に違いない。まったくもって、親の顔が見てみたいものである。

「あらジョゼ、いらっしゃい」

「母様!!」

ウランタがモルテールン家の教育について苦情を羅列していたところで、会場の奥から一人の美女が現れた。噂をすれば影が差すということだろうか。

年は四十をとっくに過ぎているが、未だに若々しい六児の母。モルテールン子爵夫人アニエス。

ジョゼやペイスにとっては生みの母親であり、血の繋がった家族である。

久しぶりに会った愛娘に対し、アニエスは笑顔で挨拶する。

いきなり抱擁《ハグ》から入るあたりはアニエス流であるが、母と娘はひとしきり抱き合いながら再会を祝した。

時間にして一分ほど。

それなりに長いと思える程度にきゃいきゃいとじゃれ合ったところで、アニエスは娘を解放した。

そして、ジョゼの傍に居た青年に声をかける。

「ウランタ＝ボンビーノ卿もよくお越しくださいました」

「義母様のお顔を拝見できて光栄です」

さすがにここで抱擁などという真似はしないが、可愛い娘の夫に対し、親しみの籠もった挨拶をするアニエス。

ウランタとしても、義母に対して心からの親愛の情を込めた挨拶を交わす。既に生みの親を亡くしているウランタにとっては、母といえばアニエスしかいないのである。

「今日は御馳走を用意しましたから、たくさん召し上がっていってね」

「ありがとうございます」

社交辞令を交わすウランタとアニエス。

間に挟まれたジョゼは、貴族的なやり取りなどはぺいっと投げ捨て、既に実家に帰省したお転婆モードである。

「ねえねえ母様、今日の料理は誰が指揮したの？」

挨拶もすんだのだから、もういいでしょう。と言外に語るジョゼ。

今回の社交会の名目は晩餐会。つまり、お食事会だ。

モルテールン家の主催する食事会で、誰が料理を差配したのかは重要な情報だ。ジョゼにとっては。

「え？　それは勿論ペイスよ」

アニエスの言葉に、喜色を浮かべるジョゼ。

小さく手を握って、ぐっと力を込めたポーズをとる。

「やった!!　それじゃあきっとアレもあるわよね」

ジョゼの言うあれという言葉。

娘のことは生まれた時から知っているアニエスは、曖昧な指示語でも娘の意図を察する。

「ジョゼの好物の魚介のスープ？　それともお気に入りのデザートのパフェ？」

「どっちも!!」

「あるわよ。ちゃんと準備してあるらしいから、落ち着いてね」

ジョゼは、ペイスの料理の腕を知っている。

弟が小さい頃から料理をしていて、その腕前が相当に上であることもだ。お菓子作りに関しては世界一と言って良い腕前であり、それはそのまま普通の料理についても一流の腕前を持っていることに通じる。少なくともジョゼの知っている料理人の中では、間違いなく三本の指に入るのだ。

そのペイスが指揮して料理を準備したというのなら、味に関しては期待が持てる。

何より、自分の好物をしっかり準備してくれていることが嬉しい。

家族として、歓迎されている気分になるのだ。

「落ち着いてるわ。それじゃあ母様、またあとでゆっくりお話ししましょう」

「そうね」

どう見ても落ち着いているとは思えない様子なのだが、落ち着けと言われて落ち着けるのならば、最初から浮ついたりはしない。

「ウランタ、最初はあれ、あれを食べましょう!!」

「ジョゼ。料理は逃げませんから少し落ち着いて……私は挨拶を先に済ませたいのです」

「なら、別行動ね。頑張って!!」

ウランタと離れたジョゼが、まず最初に向かうのは前菜のブース。

薄いクラッカー生地にチーズやハムなどを載せた、カナッペにも似た料理が置いてある場所。銀色の丸く大きなお皿の上に、統一感がありながらも色とりどりになるよう並べられていた。

クラッカー生地を焼くなどはペイスの本業の範疇。味に関しては間違いないだろうと、ジョゼはひょいひょいと適当に取っていく。

行儀の悪さを指摘されない、ギリギリのところで踏みとどまりつつも遠慮はかなぐり捨てる行動だ。

一つをぱくりと食べてみれば、案の定。香ばしく焼き上げられたクラッカーと、うっすらと塩味のついたフレッシュなチーズがたまらなくマッチしている。

美味しい料理は食いだめするに限る。

さて次はとばかりに、メインの肉料理を物色し始めるジョゼ。

そんな彼女は、自分に近づいてくる人物に気づくのが遅れた。

後ろから声をかけられたことで、ようやくその人物に気づく。

「ジョゼ、美味しそうに食べてるわね」

「ビビ姉様!!」

モルテールン姉妹は、姦《かしま》しく久方ぶりの邂逅を喜び合った。

最高に美味しい料理を楽しんでいる最中。

「ビビ姉様、元気そうね」

「ええ、そうね。ジョゼも……大丈夫?」

「ああ、大丈夫よ。見てのとおり、元気よ」

ビビことハースキヴィ準男爵夫人ヴィルヴェ。

モルテールン家の長女として生を受け、ハースキヴィ騎士爵家当主ハンスに嫁いだ女性である。

ジョゼとは血の繋がった姉妹であり、つまりはペイスとも姉弟だ。

モルテールン家姉妹が賢妻と誉れ高いのも、まずもってビビの功績が大きい。

軍人としての教育しか受けてこなかった夫を、男爵令嬢相当の教育を受けたビビが支えてきたからだ。

何より、ビビが普通の令嬢と違うところは、領地経営にも多少の知見を学ぶ機会があったという点。

元々ドがつく貧乏領地であったモルテールン領の、領主家に生まれた彼女は、自分も率先して農作業を行うほどであったし、人材不足が慢性的であったモルテールン家で父を多少なりとも手伝う機会があったのだ。

また、国中に顔の広い父の影響もあって人脈はかなり広く、嫁ぐにあたって先代のハースキヴィ騎士爵は大いに喜んだものである。

普通の貴族令嬢。とりわけ、母親が男爵令嬢などといった場合。政務について学ぶことなどない。貴族令嬢としてのマナーであったり、よりよい妻となり、或いは母となる為の教育を受けるほうが重要とされる。

男爵令嬢と遜色のない教育を受けながら、同時に政務の知識も持つ。

モルテールン姉妹が才色兼備といわれる所以である。

「そう。初めての時は色々と不安でしょう。いつでも相談に乗るわよ?」

「ありがとう姉様」

何が大丈夫なのか。何が不安なのか。

それは勿論、既に身内には周知の事実となっている、ジョゼの懐妊についてである。

ジョゼは今回が初産。医療技術の未熟な世界である以上、出産にはある程度の健康リスクが付きまとう。

子供を産む時に骨盤を骨折して足が立たなくなった、といったケース。或いは、出産時の出血が止まらずにそのまま出血死、などというケース。はたまた、難産の末に母体と赤ん坊の二者択一を迫られるケースなど。話を聞けばぞっとするような事例は幾らでもある。

ジョゼは、情報には強いモルテールン家の娘。必然、このような妊婦を不安にさせる情報も耳にしてきている。してきてしまった。

不安になるのなら、安心させるためにも話を聞くのは姉の務め。

ビビは、そういってジョゼを気遣った。

彼女は既に子持ちであり、出産の経験者。自分にできることもあるだろうと、気を使ったのだ。

「心配いらないわ。ウランタがしっかり手配してくれているし、ペイスにもお願いしておいたから」

「ペイスに？　そう、なら安心かしら」

今現在、ハースキヴィ家は神王国東部に領地を持つ。

元々南部の森沿いに領地を持っていたハースキヴィ家であったが、隣国サイリ王国ルトルート辺境伯の、侵攻に端を発した一連の紛争に助力したことで功績を挙げ、陞爵して準男爵位となり、領地替えを受け入れて東部に移住。

モルテールン家の縁故という影響もあるが、地力もあって家運も上昇基調である。

ハースキヴィ家当主としては、このまま上昇基調を維持したい。貴族家当主としては真っ当な発想だろう。

人間とは、一旦いい思いをしてしまうと、それに味を占めてしまうもの。今更、王都に行くのも苦労するような財政状況に戻りたいとは思わない。景気は上向いているほうが良いに決まっている。

今までと同等以上の景気の良さを維持する為に必要なこと。一番簡単で確実なのは、馬鹿みたいに儲かっているモルテールン家と縁を深めること。故にモルテールン家への情報収集は、最優先事項として行っている。

熱心な情報収集の結果と、ビビの縁故という伝手もあり、ハースキヴィ家はモルテールン家の秘密をある程度摑んでいた。

それが「モルテールン家は何らかの魔法的な治療手段を持っている」という事実である。

そもそもモルテールン家が、というよりもペイスが、治癒の魔法を入手したのは神王国東部での争いが発端だ。

フバーレク家がかなり押し込まれ、援軍としてモルテールン家一同が参戦。結果として敵軍を押し返しはしたものの、カセロールとシイツというモルテールン家の中心人物が一度に重傷を負った。

ことの起きた場所がフバーレク領だったこともあり、カセロールたちが戦傷を負った状況はハースキヴィ家でも入念に調べがついたのだが、おかしなことにその後さほども経たずに傷が完治している。

怪我の具合についてはビビが直接確認できたから、間違いない。

ここで、元々南部に居たという立場を活かして情報収集すれば、モルテールン家重鎮の負傷と前後してレーテシュ家に聖国から魔法使いがやってきていたことも調べがついた。

不自然に治ったカセロールたちの傷と、レーテシュ家に出入りしていた治癒の魔法使い。そして、ペイスの異常性と、魔法の〝詳細〟な推測。

賢才と名高いモルテールン姉妹の長女からすれば、パーツごとの断片的な情報を結びつけることは容易い。

一つ一つは事実の隠蔽もされていたのだが、正しい情報だけを集めて並べてみれば、浮かび上がってくるのは「モルテールン家は魔法で人を癒やせるのでは？」という推測。

癒やしの飴、などというものも昔から売っているのだから、ビビに言わせれば隠す気があるのかと言いたい。

ペイスの協力とは、つまるところ治療には万全体制が整っているということ。身内に甘いモルテールン家の気質をよく知っているビビからすれば、ここでジョゼに何かあるようなことを座視するカセロールやペイスではないとも信頼している。

いざという時、ペイスが全面的に協力するというのなら安心だというビビの意見は、その裏に「自分は秘密を知っている」と匂わせるものだ。

「ビビ姉様に安心してもらえるなら、奮発した甲斐もあったわね」

うふふ、と意味深に笑うジョゼ。

「奮発？　何かペイスにねだられたの？」

バックアップに協力してもらっているというのなら、それなりに対価も支払ったことだろう。

親戚同士とはいえ、他家は他家。タダ働きなどというものは後々の禍根《かこん》を残すものだからして、適正な対価が支払われているはずだ。

お金に不自由しないはずの今のモルテールン家に対して、一体何を対価として渡したのか。気になるといえば気になる話だ。

「魚と海老。それと貝」

「え？」

「脂の乗った魚、大振りで身の詰まった海老、身の厚い上物の貝、よ。正確に言うとね」

「あの子ったら……食い意地だけは立派ね」

やれやれ、と肩を竦めたビビ。

ペイスのバックアップの対価が、ボンビーノ家ならではの海産物であったことの呆れである。

元より食事の質には拘っていた弟が、まさか家同士のやり取りでまで食い意地を張るとは思ってもいなかったのだ。

「うちとしては、特産品で支払えたのだから満足よ。ペイスのことだから砂糖を樽で寄越せというかと身構えていたもの」

「舶来品の砂糖は高級品ですからね。ボンビーノ家は船で交易もしているから手に入るとしても、うちではそもそも買うことさえできないわ」

「なら、姉様にはお安くしておくわよ。ウランタも、ビビ姉様になら割引ぐらいしてくれるはずだから」

「どうせ割引くなら、砂糖じゃなくて他のものが良いわね。私はペイスほどお菓子作りに熱心じゃないから」

「あれは熱心を通り越して狂信ね」

「まあ」

あはは、うふふと会話に華を咲かせていた二人。

姉妹の会話を遮ったのは、離れたところから聞こえてくる喧騒だった。

ざわざわとした声が、やがてがやがやと騒がしい感じになっていく。

「あら？」

「何かあったのかしら」

人だかりが徐々に大きくなっていくことで、嫌が応にも注目は集まる。

ジョゼもビビも。嫌な予感が頭をよぎった。

「……ペイスが〝また〟何かやらかしたのかしら？」

「あり得そうね。あの子ったら、いつも面倒を起こすんだから」

ペイス本人からすれば非常に不本意な評価であろうが、モルテールン姉妹の間では、ペイスがトラブルメーカーなのは確定事項である。

大勢が密集して騒がしいことになっていれば、きっとペイスがそこに居るはずだという、経験則からする共同認識だ。

やがて、騒動の中からよく通る声が聞こえてくる。

「ここは僕が預かります」

案の定、聞き馴染んだ弟の声だった。

「ほら、やっぱり」

「あの様子じゃ、リコちゃんも大変ね」

ジョゼとビビの二人は、顔馴染みのリコリスに対して気づかわしげな目線を向ける。さっきまでペイスと一緒に居たのだろうが、騒ぎのせいか、少し離れたところでおろおろとしていたのが目についたからだ。

モルテールン姉妹がリコリスに向ける感情。

それは、弟と付き合うのもさぞ大変だろうという、心からの同情であった。


ボンビーノ子爵領ナイリエ。

港町にあるお城の一室では、領主夫妻が社交から戻ってきてくつろいでいた。

服装はゆったりとした部屋着に着替えていて、お高いドレスは衣装室にしまわれている。

「ああ、疲れた」

「お疲れ様、ジョゼ」

やはり妊娠している影響があるのか。

いつも以上に肉体的な疲労を感じつつ、ソファーに腰をかけるジョゼ。

腰をかけるどころかそのまま寝転がりかねない勢いだが、傍に居た侍女がさっと手を差し伸べる。

着替え終わった後、そのままジョゼについている侍女は、万が一にも妊娠中の母体に強い衝撃を受けないように守るのが仕事だ。

例えば、今みたいにジョゼが思わずうつ伏せになろうとしたような時である。

「ウランタもお疲れ様ぁ。あまり馴染みのない人が多くて大変だったでしょ」

改めて姿勢を戻し、背中をソファーの背もたれに預けるジョゼ。

「そうだね。普段会うことのない人が多かったのは確かに驚いたけど、それはそれで人脈を広げるいい機会だったかな」

「そう。無駄にならなかったのなら良かったわ」

「疲れたのは事実だけどね」

ウランタは水差しからコップに水をくむ。二人分用意して片方を無言で妻に渡し、自分はもう片方をぐびりと呷《あお》る。

ナイリエは港町だけあって、モルテールンで出された水とは味が全然違う。少々の井戸では地下水に塩分やミネラル分が含まれてしまう為、風味からして内地のモルテールン領とは差異が出るのだ。

ウランタにとっては馴染みのある味。ジョゼにとっては変わった味。

これがどちらにとっても馴染みのある味となるまで、そう遠くはないのかもしれない。

「ボンビーノ子爵家があの場に参加できたのもジョゼのお陰だよ」

「そうでもないわよ。ウランタが頑張ってるからよ」

ウランタはジョゼの縁故のお陰だと言い、ジョゼはウランタの実績が評価されているからだと言う。

どちらも相手を褒めるような言い回しだが、今回のモルテールン主催の社交に関していえば、両方正しい。縁故と実績。どちらも加味して招待されているのだから。

「美味しいものがいっぱいあったね」

「そうね。特に肉料理とデザートは絶品だったわ」

ジョゼが、色々と食い荒らした結果を報告する。

ひと通りの料理を全て口にしたあたりはジョゼの遠慮のなさが表れているのだろう。

あれが美味しかった、これがイケてた、何それが口に合ったなど。総じて美味であったことは疑いようもない。

「デザートといえば、パフェでしたっけ？」

「あの、細長い容器にたっぷりと甘いものが詰められていた奴を言っているなら、そうよ。あれがパフェ」

「実に美味しかったです。前にジョゼが言っていたパフェとは少し違うようでしたが」

「パフェの中身は、色々と違ってもいいんですって。今回は季節のフルーツを使っていたみたいよ」

「へぇ」

ペイスから教わった知識をどや顔でジョゼが開陳する。

パフェというものの定義はとても曖昧らしいのだが、基本的にはクリームでスイーツを飾るのが良いとのことなどだ。

「またの機会にも、ぜひとも食べてみたいですね。きっと今回とも違った味を楽しめるでしょうから」

「いい考えだと思うわ。その時は、私も連れて行ってね」

「勿論です」

モルテールン家の社交が、今回限りとは限らない。

いや、むしろまた別の日に同じような社交が開かれると見るべきだ。

モルテールン家が折角取り持った人脈を、それぞれが改めて強めることできるだろう。ならばこの縁を更に深めるためにも、またぞろ似たようなイベントがあるのだろう。

「それで、一体何があったの？」

ジョゼは、ウランタに尋ねる。勿論、具体的なことは聞かない。何があったかと聞かれても、今の状況ならば明確に答えられないとしても仕方ないだろう。

だが、何処に耳があるか分からないので言い辛いにしても、社交会での騒ぎは、さすがに夫婦で共有しておくべき情報ではないか。

「フバーレク辺境伯と、レーテシュ伯が、揉め事を起こしたんですよ」

「大物同士じゃない。そりゃあ人も集まるわね」

「ええ」

東部閥のトップと、南部閥のトップ。

どちらも地方の貴族に影響力を持ち、財力や軍事力でも国内屈指の実力者。

共に理性的な人物であるし、利害損得の計算ができる人物だ。

しかし、世の中の争いごとというものは、些細なきっかけで勃発するものであるし、一度火がついた争いごとというのは収めるのに多大な労力を要するものである。どれほど理性的な人物であろうと感情はあるし、どんなに冷静な人であっても我慢の限界というものは存在する。小さな問題であっても、問題がどんどん大きくなっていけば、結局のところ最悪の事態というのは起こり得るのだ。どんなトラブルでも、戦いに至る可能性はゼロではない。

まして揉めている当事者が当事者。野次馬を集めるに足る、かなり大きめのトラブルではあるのだろう。

「まさかあの二人が正面からぶつかるなんて」

ウランタの気持ちをひと言でいうならば、まさか、である。

立場もあれば余裕もあるであろう二大巨頭の直接対決。他人から聞かされる物語としてならば面白くもあろうが、巻き込まれる人間としては堪《たま》ったものではない。

「原因は？　大貴族同士が公の場で、それもモルテールンの面子を無視してぶつかるなんて、かなり大きな問題なのよね？」

「ええ、大きいです。特に当家にとって」

居心地のいい空間というものは、穏やかな空間のことだ。特に人間関係が円満で和やかであれば、尚更。

逆に、居心地の悪い空間というのは、その場にいる人間同士がギスギスしている空間のことだ。面と向かって喧嘩し合っている人間の居る横で、ゆっくりくつろげる人間が居たら、それは頭のおかしい人間である。

居心地の悪い空間に、わざわざ出かけていこうという貴族は少ない。いや、貴族でなくとも人間であれば皆同じだ。

社交の場の雰囲気が悪くなれば、次回以降の参加者の足を鈍らせる。厄介ごとに巻き込まれるかもしれない社交など、誰が好んで行くというのか。

ケチをつけられたという意味では、社交の場を用意した者が一方的に損をしている。

余計なマイナス材料を放り込まれたモルテールン家としては、喧嘩した両者に不満の一つも言いたいだろう。

モルテールンが不快に思うことを分かっていながら、あえて争った。

生半可の理由ではないはずと、ジョゼは懸念を表明する。

「原因は、この子ですよ」

「え？」

ウランタは、そっとジョゼのお腹に手を当てた。

「この子が男の子であったなら、自分の娘を嫁がせたい。お二人の意見はどちらもそういう話でした」

「なるほど、それは揉めるわね」

言われてみて、ジョゼは改めて自分の嫁いだ家の大きさを思い出した。

子爵家といえば、高位貴族に手がかかる立ち位置。更に、ボンビーノ家というのは神王国内において最古参ともいうべき伝統派貴族である。

新興貴族が勢いを増し、伝統貴族が軒並み没落ないしは凋落している現状、家の勢いを盛り返した伝統派貴族というのはレアだ。嫌でも目立つ。

伝統派や、それに近しい立ち位置の人間からすれば、ボンビーノ家というのは自身のプライドを満足させる唯一といって良い存在。伝統派にとってのアイドル。新興貴族何するものぞと言い返すための、自分たちのヒーローである。

つまり、派閥を率いるとしても、トップを張れる格を持つ家ということだ。ボンビーノ家が動け

ば、伝統派と呼ばれる貴族は団結することができるだろう。

更に、経済的にも恵まれていて、現状でも王家の覚えもめでたい。今上陛下から直接勲章も授与されているし、将来を期待しているとのお言葉を頂戴したこともある。次世代を担うホープとして、王の期待は大きい。

外交的にも不安はなく、目立った政敵と呼べるのはリハジック家ぐらいなもの。宮廷貴族とは領地貴族としてごく普通の関係性と距離感を保っていて、敵は少ない。敵が少ないということは、相対的に見ても優良な立ち位置をキープできているということ。早い話が、誰しもが縁を結びたがる家である。

これで、縁を結びたがって衝突した家同士の格が違っていれば、格下が譲ればそれで済む。

譲る側としても、相手に譲ったところで多少の見返りを得ることもあるだろう。外交手腕次第では、当初得られるはずだった利益より、譲ったことの対価のほうが大きい、などということもあり得る。

しかし、今回揉めたのはフバーレク辺境伯とレーテシュ伯だという。共に四伯と並び称される家柄。神王国内の位階という意味では辺境伯のほうが上だが、経済力や王家への影響力という意味ではレーテシュ伯のほうが上。総合的に見てどちらが格上かは、判断が分かれるところだ。伊達にどちらも大家と呼ばれている訳ではないのだ。

同格相手に譲るとなれば、ともすれば自分が格下と見られかねない。舐められてしまう要因を作りたくはないだろう。

そう、譲りたくても譲れないのだ。

そもそも、レーテシュ伯もフバーレク伯も、舐められてしまいがちな要素を持っている。

レーテシュ伯は女性当主ということで軽んじられる要素であるし、フバーレク伯も代替わりして間もないという舐められやすい要素を持っているのだ。

どちらもそんな要素を黙らせられるだけの実績は持っているのだが、それでもふとした時に顔を出してくる。

貴族社会は、舐められたら終わりだ。どんな交渉でも足元を見られて不利益を被ることになる。

イジメられがちな陰キャと、一目置かれる陽キャ。厄介ごとを押しつけられるとしたら、陰キャに押しつけられがちなのと似ている。無理難題を吹っかけるなら、怖い相手より雑魚に吹っかけるだろう。ワザと弱い立場を装うならともかく、舐められていいことなど在りはしない。

フバーレク伯とレーテシュ伯。舐められない為にも、簡単には引けないはず。

ジョゼは、大凡を全て理解した上で、揉めると断じた。

これで揉めないと思うほうがおかしい。

「……改めて、貴族って大変なのね」

「そうですね」

貴族の義務やら何やらとは縁の薄い、自由な家で育ったからだろうか。

高位貴族の妻としての役割を果たさねばならぬことに、ジョゼも深い憂慮を覚える。

「でも、この子には幸せになってもらいたいわ」

「勿論です。妻と子供は、絶対に守ってみせますよ!!」

自分のお腹を撫でるジョゼ。

ウランタは、ジョゼもお腹の子も自分が守ってみせると、力強く宣言した。

リハジック子爵領領都エッハ。

製材や養豚が盛んなこの街は、一番目立つところに領主の館。いや、城がある。

大戦の経験を踏まえて防備を整えたこの館は、リハジック家の威信の象徴。

来客を迎えるのにも不自由しない、リハジック家自慢の建物である。

この建物の一室。

装飾品や骨董品の姿が不釣り合いなほどに存在しない執務室で、部屋の主は部下から報告を聞く。

「モルテールン家から使いが来たと？」

「はい、いかがいたしましょう」

「……会わぬわけにはいくまい」

リハジック子爵アロックは、苦虫を嚙みつぶしたような顰め面で答える。

ほんの数年前までは、リハジック家といえば神王国南部でもレーテシュ伯に次ぐ大貴族として権勢を誇っていた。

神王国南部は穀倉地帯。いつの時代も胃袋を摑む人間の権力は大きい。

その為、神王国の諸派閥。東西北の地方閥や中央の宮廷貴族は、機会があれば南部貴族の仲をばらばらにしようとしてきた。

リハジック家はこれらの思惑を受けて動いており、金銭的・政治的な支援もあって、南部閥の中では反主流派を纏める立場にあったのだ。

国家の中枢部にも太いパイプがあり、金銭的にも豊かであり、政治的にも派閥内派閥として一派を形成するほど。野望もあり、いずれはレーテシュ伯にとって代わって、自分こそが南部閥のトップとなり、行く行くは他の派閥をも従えてやると思っていた。

ところが、今は落ちぶれている。

原因を辿れば、ボンビーノ家の海賊討伐だ。

南部にある二つの主要な街道を両方とも自家のものとし、政治的野心の為にボンビーノ家を没落させようと海賊を装って手下を動かしていたところ、ボンビーノ家がこの討伐に動いた。

もしもこの討伐が失敗していたならば、今頃はリハジック家は南部閥で一等頭抜けた存在となれていただろう。上手くすれば、爵位も上がっていたかもしれない。少なくともレーテシュ伯の影響下からは完全に抜け出せていたはず。

ところが、ボンビーノ家を狙った策謀は、モルテールン家の介入により失敗。あまつさえ、策謀を逆手に取られて膨大な出費を強制される羽目になった。

ケチというのは、つき始めるとどんどん膨らんでついていく。

決して悪手を打ったわけではないはずなのに、あれよあれよという間にリハジック家は落ちぶれた。そして最後は乾坤一擲《けんこんいってき》の大勝負にも負け、賠償金が課せられた。こうなっては、今まで支援してくれていたところも手のひらを返す。支払いの為に私財や家財を粗方処分しても尚、負債はなくならない。

借金が膨らみ、今は利息を払うのにさえ汲々《きゅうきゅう》とする有様。

正直、今の境遇の原因ともいえるモルテールン家は憎い。できることならばこの手で仕返しの一つもしてやりたい。許されるならば自らの手で剣をとるのも辞さない。

しかし、今は状況が状況だ。

落ちぶれてしまったリハジック家は、ただでさえ立場が弱くなった。南部閥どころか国内貴族全ての中でも五指に入るだろう影響力を持つモルテールン家に、面と向かって喧嘩を売れるはずもない。売りたくても売れない。喧嘩の不良在庫である。

今、モルテールン家を完全に敵にしてしまえば、赤子の手を捻るようにして取り潰されてしまうに違いないのだ。

苦々しい気持ちを内面に隠し、リハジック子爵はモルテールン家の使節を笑顔で歓迎するのだった。

◇◇◇◇◇

ハースキヴィ準男爵領の一角。

真新しさがいまだに残る館に、一報が届いた。

「ペイストリー殿から連絡が？」

「はい。近日中に時間を取ってもらいたいと」

「それなら、明後日のお昼。昼食をご一緒にと返事をしてくれるかな」

「分かりました」

届いた連絡とは、義弟であるペイスからのもの。

時間を取ってほしいと言われたなら、都合をつけるぐらいは何の問題もない。

恩もあれば義理もある相手。

今更下手に駆け引きする間柄でもないし、そもそも当代のハースキヴィ家当主はその手の腹の探り合いや駆け引きが苦手。

変に時期を引き延ばしたりもすることなく、最速のスケジュールをペイスの為に開ける。

「それと、ビビも呼んできてくれ」

「はい」

モルテールン家からペイスがやってくる。

何の目的で来るのかは知らないが、単に挨拶に寄るという訳もあるまい。

何にせよ政治的な判断が必要になるだろうから、ハースキヴィ準男爵ハンスとしては、優れた補佐を頼りにする。

他ならぬペイスの姉。妻であるビビのことだ。

既に多くの子を持つ母であるが、領主業の補佐もこなしながら子育てをするという肝っ玉母さん。

ハンスにとっては無条件で信頼できるパートナーであり、ハースキヴィ家の秘密の全てを共有している無二の相手。

「あなた、何かあったの?」

呼ばれてやってきたビビは、手に赤子を抱えていた。

幼子が多いハースキヴィ家である。乳母を雇っているとはいっても、ささやかな貧乏貴族であったころの名残もあって、ビビも積極的に子育てをしているのだ。お陰で子供はみんなママ大好きのママっ子に育ってしまった。

「ビビ。君の弟が来るそうなんだ」

「ペイスが？」

子供を腕の中であやしながら、夫の言葉を聞くビビ。

弟がやってくるというのなら、また厄介ごとかしらと、内心でぼやく。

「明後日のお昼に予定を開けたけど、君も同席してくれるかい？」

「それは構わないけど、何の用事で来るの？」

「さあ？」

ペイスからの連絡は、取りあえず時間を貰いたいというものであり、それ以上でもそれ以下でもない。

そもそも、ペイスが来る時にまともに普通の用事で来たことのほうが珍しいのだ。時には、熊の赤ん坊を引き取ってほしいなどと抜かしてきたこともある。

何の用事で来るのか。自分には想像もできないよと、肩を竦めるハンス。

「私に、ペイス殿の考えが予想できると思うかい？」

「……無理ね」

生粋の武人。それ以外の何物でもない夫に、大貴族相手でも手玉に取るペイスの考えを読めるはずもない。

別に夫のことを軽んじるわけでもないのだが、事実としてペイスと夫では発想力の次元が違う。

ビビは、正直に無理だと伝える。ハンスとしても、その答えは予想もしていたし、自分でも当然だと納得もできるので、怒ることもない。

「君はどう？」

「私も無理よ。あの子は昔から人と違う考えをする子だったから」

「ふむ」

ハンスは、じっと虚空を見つめる。

「下手の考え休むに似たり、だったっけ？」

「ええ、そんな言葉だったかしら」

昔、ペイスだったかシイツだったかが言っていた言葉。

盤上遊戯で戦う場合、下手な人間がどれほど真剣に悩んだところで、上手からすれば何ほどのこともない。下手くそがどれほど悩もうと、それは休憩しているのと変わらない、という格言だ。

ある意味、自分たちの状況がそれだと、ハンスは自嘲する。

「私が考えても碌な考えが浮かばなそうだ。ビビに任せたほうが良いかな」

「私が考えても大したことはないわよ」

「それでも私よりはマシさ。で、どう思う？」

妻に問うのは、ペイスの思惑。

全て読み切るなどは無理だとしても、可能性の一部分ぐらいは対策を取っておきたい。

無駄になったとしても、備えておかないよりはマシなはずだ。

「きっと、社交で揉めていた件じゃないかとは思うのだけれど」

「……うちにその件で話をしに来る理由が分からないよね？」

「そうね。一体何を考えているのか。ホント、さっぱりだわ」

ハースキヴィ家の二人は、ペイスが来る理由をあれこれと考えるのだった。

◇◇◇◇◇◇

ボンビーノ子爵領ナイリエでは、ボンビーノ子爵ウランタが、モルテールン家次期領主ペイストリーを出迎えていた。

「ペイストリー殿、この間はご招待いただきありがとうございました」

「大したお構いもできませんでしたが、楽しんでいただけたのならこれに勝る喜びはありません」

お互いに、社交辞令を交わす。

ここ最近でも何度となく顔を合わせていたし、つい先日は社交の場で会いもした。

今更形式ばったやり取りをする関係でもないので、ざっくばらんに気楽な対応である。

「ジョゼ姉様も、お体の調子はどうですか？」

「絶好調よ。健康そのものだし、最近はご飯も美味しいわ」

「それは良かった」

同席者には、子爵夫人ジョゼフィーネの姿もあった。ペイスが事前に伝えて、同席を願ったのだ。妊娠が明らかとなって以降も、ジョゼは健康そのもの。一時期は悪阻《つわり》のような症状も出ていたのだが、今ではしっかりとご飯も食べている。むしろ、子供の分も合わせて、いつもよりも食欲が増しているほどだ。

ウランタ、ジョゼ、そしてペイス。

同年代の若者同士。気心の知れた面子で、会話はとても楽しく盛り上がる。

「それで、今回の御用件は？」

しばらく雑談が続いたのち、ウランタのほうから本題を尋ねる。

ペイスは落ち着き払って、用件を話し始める。

「ボンビーノ子爵閣下。並びに子爵夫人ジョゼフィーネ様。生まれてくる子供の婚約について、モルテールン家を代表し、一つの提案を持ってまいりました」

ペイスの輝くような笑顔に対し、ウランタとジョゼは最大級の警戒をするのだった。


ペイスとの会合からしばらく。

ボンビーノ子爵家の元にモルテールン家から通達が届く。

その内容は、かなり衝撃的なものであった。

「……フバーレク辺境伯家と、レーテシュ伯爵家。それにハースキヴィ家とリハジック家は、ペイストリー殿の提案をおおむね承諾したそうですよ」

「本当に話を纏められたのね」

「流石というべきなのかな」

「あの子が本気を出すと、割と凄いのよね」

先だって行われた社交の場にて、フバーレク家の提案から発した騒動。

ボンビーノ家に男の子が生まれたなら、その子とフバーレク家の娘を娶合わせようという提案と、それに反対しレーテシュ家の娘を娶らせるべきと主張したレーテシュ伯の諍いだ。

レーテシュ家とフバーレク家、どちらも大貴族であるし、どちらもボンビーノ家とは繋がりが深い。どちらか一方に肩入れすると、もう片方の恨みを買いかねない難しい案件。

さあ困ったことになったと思っているところに、やあやあと割り込んできたのがモルテールン家のペイストリーだった。

騒動の一件を自分が預かると言い放ち、当事者たちを一旦は収めた。

ウランタはこの時、自分も当事者の一人としてかなり知恵を働かせた。頑張って落としどころを探ろうとしたのだ。

しかし、生まれてくる子が一人であるという前提を覆せない限り、どうあっても上手い落としどころが見つからなかった。

フバーレク家とレーテシュ家。どちらも相手に譲って自分は我慢、などという立ち位置には居ない。そして、ボンビーノ家嫡子という立場は唯一無二であり、一つしか無い。

どう考えても争うしか道はない。と、ウランタには思えた。

だがしかし、いとをかし、さてお菓子。

世の中の事象を斜め上でかっ飛ばすペイスは、ボンビーノ家の嫁とり問題に関しても想像を超える落としどころをひねり出した。

それが「領地替えとのセット案」である。

普通の人間であれば問題の解決には利害関係者は少ない方が良いと考えるもの。それを、当事者を倍にして解決しようとしたのだから、ウランタは本気でペイスの頭の出来を疑った。

ボンビーノ家の嫁はハースキヴィから貰う。その上で、ハースキヴィの領地をリハジック家と入れ替えるという策。

実に、良く出来ている。

フバーレクとレーテシュに一定の利益と、一定の譲歩を迫りつつ、ハースキヴィにもリハジックにも利益があるという、関係者全員が利益を得る提案。

フバーレク家はハースキヴィとの血縁を活かして南部地域一帯に影響力を持てるようになり、レーテシュ家はハースキヴィ家との地縁を活かした立ち回りが強化され、ハースキヴィ家はより大きく豊かな領地が得られ、リハジック家は借金からおさらば出来る。

これを落としどころとして用意したモルテールン家だけが損をしているように思えるのだが、そこはそれ。ペイストリーのことだから、きっとこっそり利益を確保しているに違いないと、ウランタやジョゼは確信していた。

「結局、ペイスの考えた通りになったわね」

「ええ、そうですね」

そしてこの度、晴れて関係者全員の合意がなされたことで、ひとまず騒動が終結の方向に向かい始めた。

最初に提案を聞いた時こそ驚いたものの、こうして纏まってみればそれ以外に上手い落としどころが無かったと思えるから不思議なものだ。

最初から正解をぱっと摑める才能。ペイスの持つ智謀に、改めてウランタなどは感心すること頻りだ。

「それで、狙いは何処にあると思いますか？」

「なんで私に聞くのよ」

一息ついたところで、落ち着いて今回の件を整理し始めるウランタ。

ことがことだけに、どれだけ考えても足りないということは無いだろう。

妻と子を守ると誓った以上、懈怠《けだい》は許されない。

モルテールン家が何かを企んでいるというのなら、その思惑の裏までしっかり読み切り、最低でも自分たちに不利益とならない確信が持てるまで、検討しておくべきなのだ。

「こういう場合には、ジョゼの意見がとてもとても役に立つからです。ペイストリー殿については、専門家ですし」

「いいわね、ペイス専門家。これからそう名乗ろうかしら」

ボンビーノ家の中で一番ペイスの考え方を理解しているのが、ジョゼである。

ペイス専門家の称号を受け、冗談だと分かるだけに軽く笑う。

「そうねえ」

じっと考え込むジョゼ。

ペイス専門家としてではなく、ボンビーノ子爵夫人としての沈思黙考である。

「狙いは魔の森じゃないかしら」

「魔の森？」

「ええ」

ジョゼは、自分の考えを結論から言う癖が有る。

思考が人より早いため、間の論理展開を飛ばしがちなのだ。

「今回の落としどころで、一番肝心だったのは〝リハジック領の転封〟だったと思うのよ」

「領地替えがメインだったと？」

「領地替えではなく、リハジック領のあたりに、モルテールン家に敵対している貴族が居ることが、今後明らかに不利益となることへの対処、かしら」

「よく分かりませんね」

「多分、魔の森に手を付けようと考えてるんだと思うの。魔法の戦力はまとまって確保出来て、お金に余裕が有って、大龍まで手元に確保できたから。開拓に問題は無いでしょ？　魔の森を本気で開拓しようとしているとすると、魔の森の傍に変なのは居て欲しくないだろうなって。そう思わない？」

「ふむ、なるほど」

ジョゼの推論は、ウランタとしても間違っていると一蹴出来そうにないものだった。その可能性もありそうだな、と思える程度には現実味が有る。

魔の森を開拓する。

なるほど、モルテールン家は元々そうやって領地を開拓して大きくなってきた家だ。新たなフロンティアに魔の森を選び、更なる開拓をしようとするのは実に納得のいく話。モルテールン家がいきなり他家の領地を奪い始めましたと言われるより、余程納得できる。

仮に、魔の森開拓の前準備が今回の策謀だったとするならどうか。

交渉が全て成功裏に終わった以上、モルテールン家は動くだろう。

いったん動き出せば、モルテールン家には魔法の汎用化技術だってあるのだから、開拓はハイペースで進むに違いない。

これをそのままにしておいて良いのか。

拱手傍観するのは、子爵家当主として正しい判断なのか。

ウランタも、決断を迫られる。

「うちとしても、方針を決めておく必要があるわよね。もしも推測が正しかったなら、って話だけど」

ジョゼの言うことは正論である。

いざモルテールン家が動き出してから用意しても遅い。泥棒《ベイス》を捕まえてから縄を編むようなものだ。

前もって、出来る準備はしておきたい。

「なら、当家として取るべき手段は一つ」

「何かしら」

「モルテールン家に積極的に協力して、より多くの利益を得ること、です。これからの〝未来〟に対して。投資をしようじゃありませんか」

「つまり、具体的にはどうするの？」

ジョゼの問いに、ウランタも腹をくくった。

「開拓団を、送り込みます」

子爵家当主としての顔を見せるウランタに対して、ジョゼは頼もしさを覚えるのだった。

あとがき

はじめに、この本をお手に取っていただいた読者の皆様に感謝申し上げます。

また、本巻を作るに際しお世話になりました関係者各位に対し、改めてお礼申し上げます。

ありがとうございます。


最近の嬉しいニュースとして、三年ぶりに各所でお祭りがあったとか。

我が町佐用町でも佐用都比賣神社、通称さよひめさんの秋祭りが行われました。出店こそ控えられたものの、平常が戻りつつあるのは素直に嬉しいことです。

当たり前のものが当たり前にある日常。

それがとても尊いものだということを、改めて感じる今日この頃。


さて、本巻について。

なんといってもジョゼの懐妊について語らねばならないでしょう。

ウランタも、現代でいうなら中学生ぐらいでパパになる。

世が世なら大騒動ですね。

いやまあ、本作の世界でも大騒動なのは大騒動なのですが。

貴族の出てくる世界観でお話を作るなら、政略結婚という要素は大きな要素です。

それだけに主眼を置いて描く作家さんも多く、散々な悪評判の中で政略結婚した相手が実は……、みたいな話は、異世界恋愛と呼ばれるジャンルではある意味テンプレートと言ってもいい。

本作でも、機会があればやりたいと思っていたことです。

ホント、何処にでもあるような、ありふれた題材。ごくごく普通のお話でしたね。

ペイスの出す結論だけが、斜め上なだけで。


また、今巻より本格的に魔の森の開拓が始まります。

開拓と内政、というのもまた一つのジャンルとして確立している分野でありますから、きっと面白い話が描けるだろうと思っております。

地道にじっくり、コツコツと階段を上っていくようなお話になるのではないでしょうか。

ペイスが階段三段飛ばしとかやらかさなければ。


これからも、きっと主人公は色々と周りに迷惑を振りまきつつ、自分の夢に向かって邁進していくのだろうと思いますが、今まで同様応援していただければこれに勝る喜びはありません。

どうぞ引き続き、おかしな転生をよろしくお願いいたします。

令和四年十月吉日　古流望

巻末おまけ試し読み！

おかしな転生

コミカライズ

第44話

原作：古流 望
漫画：飯田せりこ
キャラクター原案：珠梨やすゆき
脚本：富沢みどり

TREAT OF REINCARNATION

そういえば
年上の婚約者も
いるそうですな
かなり美人という
噂を耳にしたことが
あります
ボクも綺麗なお姉さんが
婚約者にほしい!!
はぁ～～
…って言っても
今のうちの状況じゃ
高望みは無理だよね
いいなぁ
モルテールン卿は

うらやましいよ…魔法の半分くらい分けてくれないかな
ないものをねだってもしかたありませんし…
モルテールン家の嫡子《ちゃくし》殿が恵まれているのは事実でしょうが
それゆえに多くの高位貴族が取り込みを狙っているとか
目立つ存在というのはいいことばかりではありませんよ
そうだね
その点我が家はお偉い人に目を付けられることもなくいないない者扱いと…
そう卑下《ひげ》なさいますな
ご報告です

ガチャ
先頭の船《バロン》より通信がありました
前方に敵影発見!!
っ!!
敵はどれぐらい!?
ガタッ
距離は!?

正確な方角は!?
えっと 旗《はた》は〝敵発見〟とだけ掲げられておりまして…
ウランタ様
……
ここは改めて敵の規模や距離 そして方角を先頭の船に尋ねたほうがいいでしょう
そう そうだね
よし モルテールン卿の船に再度通信
内容は『敵の規模と距離と方角を報告せよ』と
わかりました!

バタン!!
ダダダダ
ここら
復唱せんか…
ウランタ様
敵影となれば
戦闘準備も必要かもしれません
ガタ
手遅れになるよりは
勇み足になるぐらいでいいでしょう
ご準備をなさいませ
ガタ
わわわかった
いいよいよ戦うのだね
ガタ

そう ご緊張なさいますな
この船が戦場になるのは どうあっても最後
最初に戦うのはまず ペイストリー様方の 船になります
水龍の牙に加え 精鋭ぞろいの船です
そうそう不覚も とりますまい
ウランタ様は どっしり構えておけば よいのです
そそ そうだね…
旗艦で慌ただしく 戦闘準備が始まろうと していた頃
先頭の船では…
シイッ
敵艦を見つけ たんですって？

俺の【遠見】でチョロっとだけ
向こうさんにも目のいいのがいるらしく
こっちに気づいて途端に逃げの構えでさあ
ほのぼの
ひと仕事終えた帰りのようでかなり弛緩《しかん》した感じでしたね
ならば その近辺は彼らにとっての安全地帯と見てよさそうですね
ぽんっ
敵の根拠地《アジト》はこの近場にある
ガリ
ガリ

むぎゅ
数日かかると覚悟していましたが
初日の早々から当たりを引くとは運がいい
根拠地ったってひとつとは限らんでしょう
おおっ
用心深い連中ならいくつか隠れ家を用意しておくもんですぜ？
くれっ
俺も俺も
トポポポ
なるほど

さすがシイツ盗賊だった頃の経験談ですね
人聞きの悪いこと言わんでくださいよ！
俺は傭兵《ようへい》だったことはあっても盗賊や海賊だったことはねえです！
ワイワイ
おいモルテールンの坊ちゃん！
敵の位置と方角と数を教えろって通信が来たぞ

ふむ…
ならば『東北東に距離10以上 数少なし 敵逃走中 指示願う』
と返信するように
了解
……坊
なんで聞かれてもいないのに相手が逃走中だってことまで伝えたんです？

追うか追わないかの判断に役立つでしょうし
そのほうが子爵閣下も落ち着くと思ったからです
初陣ともなれば気も逸《はや》る
敵が見えたと聞けば即座に剣を抜く輩《やから》も多いと聞きます
落ち着いて判断してくれることを期待して
あえて付け足しました

普通は一旦ここで
態勢を整えるでしょう
俺の【遠見】で見えた距離に
この大所帯で追いつくのは
無理ってもんですぜ
相手からすれば
アジトから逃げ切った上で
準備万端で迎撃してくるか
アジトをほっぽりだして
さらに逃げるかの
2択でしょうよ
そうですね
ですが こちらとしては
どのみち追うしかない

逃走中という情報を知った上で追う判断をしたのと
とにかく何もわからず戦闘状態に入ったままずるずると追いかけるのとでは意味が違います
前者のほうが司令官っぽい仕事をした気になるでしょう？
子爵閣下の手柄にするためですかいお優しいことで
あくまで指示は総指揮官が出していたという建前が大事だ
こうしておけば戦後にトラブルがあった時何かと役に立つ

坊ちゃん
返信だ
一旦船を
止めろってよ
わかりました
『了承』の返事を
あと
ニルディアさんを
呼んできてください
困ったら
とりあえず
立ち止まるか
経験不足の指揮官にしちゃ
上出来じゃねえっすか？
シイッ
一生懸命にがんばる人を
茶化すものでは
ありませんよ
たしかに
そりゃすいません
どうしても
どっかの誰かさんが
初陣だった時と
比べちまうもんで…
ハハ…

あんときゃ酷い目に遭ったもんです
邪魔するとこのガキの首が飛ぶぞ
初陣の癖《くせ》に大人しさの欠片《かけら》もねえで人使いの荒いこと…
坊〜〜〜っ
あ〜ニルディアさん遅いですねぇ
…坊ごまかしましたね

伝令が届き ニルダが ペイスのもとに来た
ニルディアさん この先に錨《いかり》を 下ろせるところは？
あん？
たしか ちょっとばかし 南へ行けば 船を止められる 海域がある
なら そこまでこの船が 先導しましょう
一旦そこで 作戦会議となるでしょうから 僕が旗艦に行ってきます
ニルディアさんも ついてきてください
続きは CORONA EX コロナEX TObooks にてお楽しみ下さい！

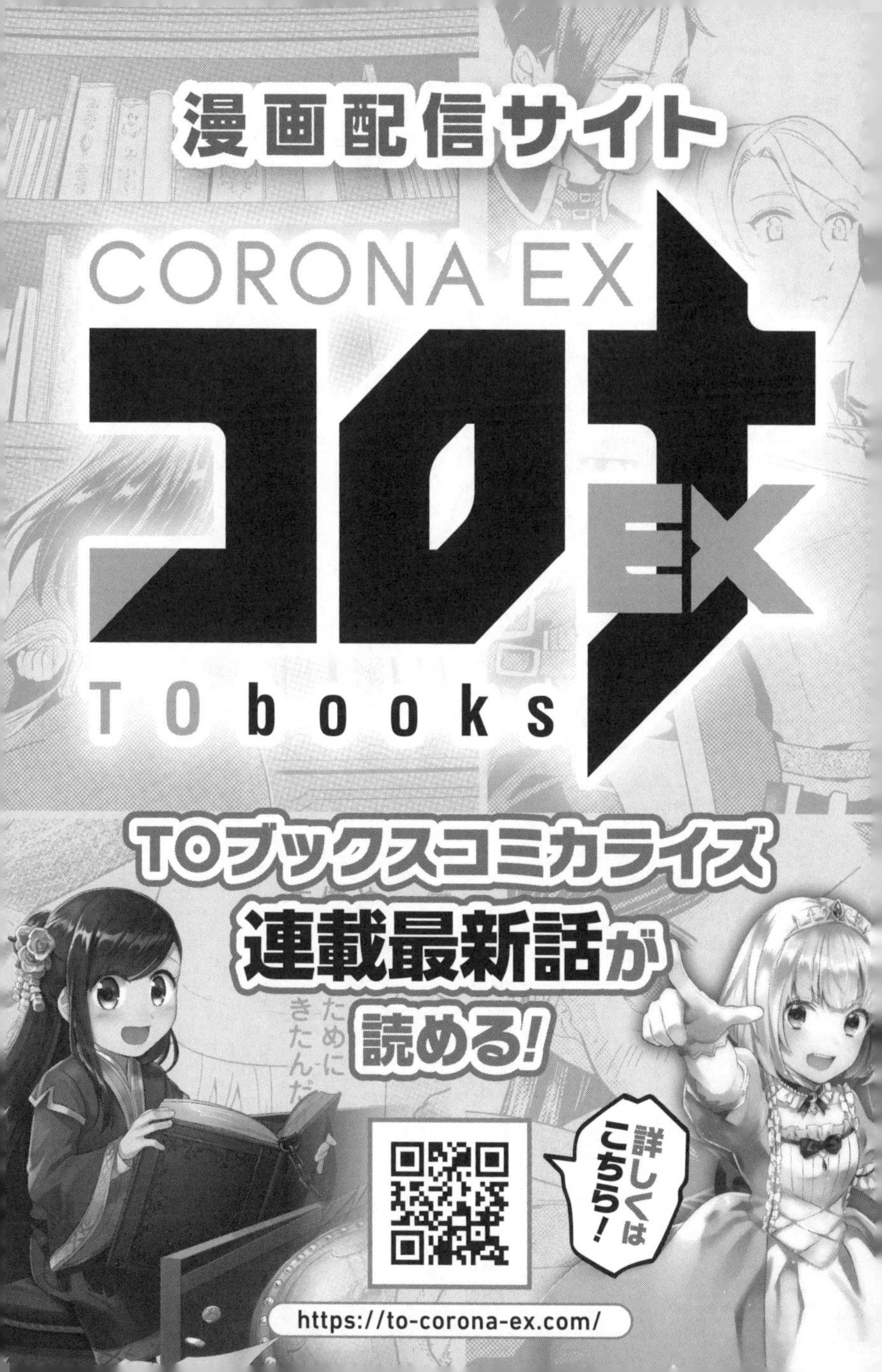
漫画配信サイト
CORONA EX
コロナEX
TObooks
TOブックスコミカライズ
連載最新話が
読める!
詳しくはこちら!
https://to-corona-ex.com/

開拓のはじまりです!
魔境に新村を誕生させ、道路付設へ!
最強コンビが軍を率いてスローライフに挑む!
王道スイーツ・ファンタジー23巻!
年4月10日発売!

原作小説
さあさあ、魔の森大
魔獣でBBQ!?
きゅいっ!
新菓子素材の発見!
おかしな転生
XXIII
著
古流 望
NOZOMU KORYU
イラスト
珠梨やすゆき
YASUYUKI SYURI
2023

TREAT OF REINCARNATION 2

次《じ》巻《かん》予《よ》告《こく》

双《ふた》子《ご》の
お嬢《じょう》様《さま》の護《ご》衛《えい》中《ちゅう》……
ペイスが敵《てき》に
おそわれた!?

クッキーも、必《かなら》ず守《まも》ります!

いたずら好《す》きな天《てん》才《さい》少年《しょうねん》が世界《せかい》を変《か》えていく、
異《い》世《せ》界《かい》スイーツ・ファンタジー第《だい》二《に》弾《だん》!

おかしな転《てん》生《せい》 2
最《さい》強《きょう》パティシエ異《い》世《せ》界《かい》降《こう》臨《りん》

TO ジュニア文庫

古《こ》流《りゅう》望《のぞむ》・作　kaworu《かをる》・絵　珠梨《しゅり》やすゆき・キャラクター原案

君《きみ》も
僕《ぼく》が
2023年《ねん》
春《はる》 発売《はつばい》!
くわしくは公式《こうしき》HPへ!
TREAT OF REINCARNATION 2

小説
第13巻
2023年
4月10日
発売!
シリーズ累計
100万部
突破!
(紙+電子)
ニメ化決定!
帝国物語
餅月 望――著
Gilse――イラスト
式HPへ!
原作HP
TVアニメHP

Comics
ティアムーン帝国物語
ティアムーン帝国物語
ティアムーン帝国物語
ティアムーン帝国物語
ティアムーン帝国物語
コミックス
第6巻
2023年 春
発売!
漫画：杜乃ミズ
2023年TVア
ティアムーン
断頭台から始まる、
姫の転生逆転ストーリー
詳しくは公

広がる
コミックス 第二部
本のためなら
巫女になる！Ⅷ
漫画：鈴華
好評
発売中！
新刊、続々発売決定！
コミックス 第四部
貴族院の図書館を
救いたい！ Ⅴ
漫画：勝木光
好評
発売中！
2023年
2/15
発売！
コミックス 第三部
領地に本を広げよう！ Ⅵ
漫画：波野涼

（第22巻）

おかしな転生XXII
蜜蝋は未来を照らす

2023年2月1日　第1刷発行

著　者　古流 望

発行者　本田武市

発行所　TOブックス
〒150-0002
東京都渋谷区渋谷三丁目1番1号　PMO渋谷Ⅱ　11階
TEL 0120-933-772（営業フリーダイヤル）
FAX 050-3156-0508

印刷・製本　中央精版印刷株式会社

ISBN978-4-86699-732-2